볼셰비키의 친구

 C 피닉스문예12

볼셰비키의 친구

지은이 김명환
펴낸이 조정환
책임운영 신은주
편집 김정연
디자인 조문영
홍보 김하은

펴낸곳 도서출판 갈무리 등록일 1994. 3. 3. 등록번호 제17-0161호
초판인쇄 2019년 11월 21일 초판발행 2019년 11월 25일
종이 화인페이퍼 인쇄 예원프린팅 라미네이팅 금성산업 제본 경문제책

주소 서울 마포구 동교로18길 9-13 [서교동 464-56] 2층
전화 02-325-1485 팩스 02-325-1407
website http://galmuri.co.kr e-mail galmuri94@gmail.com

ISBN 978-89-6195-217-0 03810
도서분류 1. 문학 2. 한국문학 3. 산문집 4. 사회운동

값 10,000원

이 도서의 국립중앙도서관 출판예정도서목록(CIP)은 서지정보유통지원시스템 홈페이지(http://seoji.
nl.go.kr)와 국가자료공동목록시스템(http://www.nl.go.kr/kolisnet)에서 이용하실 수 있습니다.(CIP제
어번호 : CIP2019039730)

김명환 산문집

젊은 날의 시인에게 2

볼셰비키의 친구

갈무리

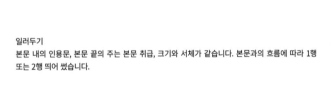

일러두기
본문 내의 인용문, 본문 끝의 주는 본문 취급, 크기와 서체가 같습니다. 본문과의 흐름에 따라 1행
또는 2행 띄어 썼습니다.

볼셰비키의 친구 김명환에게, 김명환의 친구들이 드립니다.

*『볼셰비키의 친구』는 조상수 철도노조 위원장을 비롯해 김병구, 김선욱, 백남희, 백성곤, 송덕원, 오진엽, 윤경수, 이영익, 이철의, 이한주, 임도창, 전상용, 조연호, 지영근, 최정규, 기획사 ANND 등 '김명환의 친구들'이 엮었습니다. 도움을 주신 철도노조와 철도노조 서울지방본부에 감사드립니다.

차례

제4부 볼셰비키의 친구

제1부

시간여행

작별

영안실에 상주는 보이지 않았다.

대기실을 빙 둘러봤지만 보이지 않았다. 조문객들은 돌아가고 가까운 친척들만 있을 시간이었다. 다시 접수 대로 갔다.

"상주는 어디 가셨나보지요?"

"어떻게 되시나요?"

"외사촌입니다."

"아, 잠시만 기다리세요."

대기실에서 상주를 데려온다. 몇 번을 둘러봐도 보이지 않던 상주였다. 상주도 나를 몰라본다.

"형, 저, 명환이에요……."

"아! 명환이……."

형이 내 손을 잡는다. 안경 너머 옛 모습이 가물가물 피어오른다. 할머니 할아버지 결혼사진부터 내 돌 사진까지 들어있는 가족앨범 속에 고모의 결혼사진도 있었다. 사모관대를 한 고모부가 고종사촌형과 똑같아, 나는 형을 놀리며 고모와 형을 아프게 했었다. 형이 누나를 데려온다.

"명환이 왔구나……."

누나가 나를 껴안는다. 칠십이 넘었지만 고운 자태는 여전하다. 누나는 우리 집에서 대학을 다녔다. 국영방송 아나운서 최종면접에 떨어진 누나가 펑펑 울던 모습을 기억한다. 텔레비전에 나오는 어떤 탤런트보다 예쁜 누나였다. 형은 의대를 졸업했지만 군의관이 될 수 없었다. 우리 가족 누구도 고모부 이야기를 하지 않았지만, 고모와 고종사촌들을 짓누르는 그 어떤 것들이 어린 나를 숨 막히게 했었다.

고모부가 사회주의자였는지는 알 수 없다. 아버님이 돌아가시기 전, 고모부 이야기를 들려주셨다.

"똑똑했지. 북경대 정치학과를 나왔어."

인민군이 들어오고, 고위급 장교였던 친구가 지프를

타고 고모부를 찾아왔다. 고모부는 서울시인민위원회 부위원장이 되었다. 고모부가 왜 후퇴하는 인민군을 따라 북으로 가지 않았는지 알 수 없다. 숨어 지내던 고모부는 자수를 했고, 총살당했다. 고모부가 돌아가시고 고모는 칠십여 년을 더 살았다. 미군부대 물건을 떼어다가 팔며 아이들을 키웠다. 고모와 고종사촌들은 광기의 파시즘이 지배하는 대한민국 국민으로 살아야 했다.

"명환이구나……."

영정 속의 고모가 걸어 나와 내 얼굴을 쓰다듬는다. 중학교 시절, 우리 집에 오시면 내 여드름을 짜는 게 고모의 일이었다. 여드름을 다 짜면 미제 스킨로션을 내 얼굴에 바르곤 했다. 그 화한 시원함이 좋아 고모에게 얼굴을 맡기고, 여드름 짜기가 어서 끝나기를 기다리곤 했었다. 지금도 내 얼굴엔 고모의 손톱자국이 남아있다.

"사는 게 너무 힘드셨죠, 고모……."

국화꽃 한 송이를 영정 앞에 놓았다. 고모가 환하게 웃는다. 나는 그렇게 고모와 작별했다.

—『철노웹진』 2017.6.5.

극작가와 꼬마시인

어렸을 때 우리 집은 커다란 식당을 했다. 가난한 예술가였던 삼촌과 삼촌 친구들이 우리 집에 자주 놀러왔다. 초등학교 들어갈 무렵, 삼촌의 후배 진호아재가 내 가정교사가 됐다. 진호아재는 어린 제자에게 시와 노래와 그림과 춤을 가르쳤다.

"너도 이제 의젓한 초등학생이 됐으니, 오늘부터 일기를 쓰는 거야. 그런데 넌, 남들처럼 쓰면 안 돼. 하루는 시를 쓰고, 하루는 노래를 만들고, 하루는 그림을 그리는 거야. 본 걸 쓰는 게 아냐. 느낀 걸 쓰는 거야. 다른 사람이 아니라, 네가 느낀 걸!"

진호아재가 말했다. 초등학교 입학식 날이었다. 그 긴 대사를 지금도 내가 잊지 못하는 건, 그날 시작된 일기가

20년 넘게 이어졌기 때문이다.

　진호아재는 내가 좋아하는 노래의 노랫말을 쓰게 하고, 그 노래의 2절 3절을 만들라고 숙제를 냈다. 처음에는 동요의 2절 3절을, 다음에는 대중가요의 2절 3절을, 다음에는 시의 2연 3연을 만들었다.

　"이거, 어디서 베낀 거니?"

　사람들은 내 시를 보고 놀라곤 했지만, 나는 그 말이 듣기 싫었다. 내 시에 숨어있는 남의 운율을 들킨 거 같아 부끄러웠다. 내 운율을 갖기까지 오랜 세월이 흘러야 했다.

　그때, 남의 글을 내 말과 내 느낌으로 바꿔 쓰는 숙제는, 내가 선전활동가로 살아가는데 중요한 자산이 됐다. 항상 긴박한 상황에서 뚝딱뚝딱 선전물을 만들어야 했는데, 어떤 상황에서도, 그 상황에 맞는 글만 떠오르면, 나는 글을 쓸 수 있었다. 20년 넘게 그 숙제를 했으니…….

　삼촌은 소설을 썼지만, 소설을 쓰는 것보다 사진 찍

는 걸 좋아했다. 진호아재와 나는 삼촌의 사진모델을 하기 위해 이리저리 끌려 다니며 삼촌이 시키는 대로 자세를 잡고 표정을 지어야 했다.

진호아재는 연극을 했다. 말하는 게 꼭 연극 대사 같았다. 행동하는 게 꼭 연극배우 같았다. 다음 해 초봄으로 기억된다. 사람들이 긴 버버리코트 같은걸 입고 있었다. 삼촌과 나는 진호아재의 연극을 보러갔다. 진호아재가 쓴 희곡으로 만든 연극이었다. 진호아재는 머리가 긴 누나들에게 꽃다발을 받았는데, 그 꽃다발들을 내게 줬다. 나는 연극을 쓰는 작가가 내 스승인 게 자랑스러웠다.

그 다음 해쯤, 삼촌과 나는 진호아재가 일하고 있는 드라마센터에 갔다. 배우들이 연극을 하고 있었다. 검정물들인 군복을 입고 굵은 뿔테안경을 쓴 진호아재가 돌돌 만 대본을 들고 무언가 소리치고 있었다. 삼촌과 나를 본 진호아재가 배우들 사이로 달려왔다. 나는 지금도 그 장면을 잊지 못한다. 죽은 줄 알았던 혈육을 만나는 것처럼 진호아재는 달려왔다.

"여긴 어떻게 왔어!"

진호아재가 나를 번쩍 들어올렸다.

그날 이후, 진호아재를 보지 못했다. 진호아재 이야기를 하면 삼촌은 눈물부터 글썽였다. 군대에 간 진호아재의 사촌동생이 월북을 했다. 정보기관에 끌려간 진호아재는 몸과 마음이 망가져서 돌아왔다. 진호아재에게 시를 배운 제자가 시인이 되기 전에 이국땅으로 떠났고, 그곳에서 세상을 떠났다.

10년쯤 전에, 진호아재 추모문집이 나오고 나서야 나는 삼촌에게, 진호아재와 내가 삼촌의 사진모델이던 시절 사진이 몇 장 내게 남아있다고 말했다. 추모문집을 만들며 사진이 얼마 없어 애를 먹었다고, 삼촌은 아쉬워했다.

— 『철노웹진』 2017.11.6.

* 극작가 전진호는 1943년 서울에서 태어났다. 1966년 조선일보 신춘문예에 희곡 「들개」, 국립극장 장막극

공모에「밤과 같이 높은 벽」이 각각 당선되며 연극계의 기린아로 촉망받았다. 희곡집 『인종자의 손』, 추모문집 『숨겨진 전설, 전진호 이야기』가 있다.

커다란 나무

외삼촌이 아프다. 어머니의 통화를 우연히 들었다. 수화기로 외삼촌의 고통스러운 목소리가 흘러나왔다.

"삼촌한테 전화 좀 해라……"

어머니는 날 볼 때마다 말씀하시지만, 나는 알았다고만 대답한다. 나는 삼촌이, 내게 약한 모습을 안 보이고 싶어 한다는 걸 안다. 내가 어렸을 때, 삼촌은 아주 단단했다. 내가 아주 단단해졌을 때, 삼촌은 약해지기 시작했다. 그런데 이제는 나도 약해졌다.

50년쯤 전으로 기억된다. 삼촌과 삼촌 친구들과 외가에 갔다. 기차를 타고 가평역에 내려 반나절을 걸어서 갔다. 해질녘, 멀리 커다란 나무가 보였다. 나무 아래 마을

이 있었다. 우리가 다가갈수록 나무가 커졌다.

"내가 어렸을 땐, 저 나무가 더 컸었다."

"늙어서 꼬부라졌구나?"

"아주 많은 이야기를 알고 있는 나무지."

시를 쓰고 소설을 쓰고 연극을 하는 삼촌과 삼촌 친구들은, 꼭 어린 아이처럼 말했다. 그래서 나는 그 말을 금세 알아듣곤 했다.

하루는 옆 마을로 마실을 갔는데, 밤늦게 돌아오는 길이 너무 힘들어 삼촌 등에 업혔다. 하늘에서 별이 쏟아지고 있었다.

"내가 꼭, 너만 했을 때야……"

나를 업은 삼촌이 그 커다란 나무에 거꾸로 매달려 있던 아재 이야기를 했다. 아재는 삼촌네 머슴이었다.

"아재는 꼭 이렇게, 나를 업고 다녔어."

할아버지는 일찍 돌아가셨고, 삼촌은 아재 등에 업혀 자랐다. 인민군이 후퇴하고 아재는 붙잡혔다. 커다란 나무에 거꾸로 매달려 몇날며칠을 있었다고 한다. 증조할아버지가 틀림없이 아재를 구할 거라고 삼촌은 생각했다. 증조할아버지를 아무도 건드리지 못했다고 한다. 중

국군 장교는 먼발치에서 증조할아버지에게 허리를 꺾어 절을 했다고 한다. 삼촌은 증조할아버지가 한자로 시를 썼기 때문에, 중국 사람들이 존경했다고 말했다.

증조할아버지는 끝내 아재를 구해주지 않았다. 삼촌은 증조할아버지가 아재를 구해주지 못한 게 아니라, 구해주지 않은 거라고 생각했다. 삼촌은 증조할아버지가 그렇게 미울 수가 없었다고 한다.

"하늘에서 별이 쏟아지고 있었어."

아재가 죽기 전날 밤, 삼촌이 아재에게 다가갔다.

"세희야, 조심해!"

아재가 큰 눈을 뜨고 숨넘어가는 소리로 삼촌에게 말했다. 삼촌은 말없이 울기만 했다. 삼촌을 바라보던 아재의 젖은 눈빛을 지금도 잊지 못한다고 삼촌은 말했다. 나는 삼촌 등에 업혀있어서 삼촌의 눈빛을 볼 수 없었다. 도대체 왜 아재는, 어린 삼촌에게 조심하라고 했을까? 도대체 왜 삼촌은, 어린 나에게 그 이야기를 했을까? 어둠 속으로 커다란 나무가 보였다. 하늘에서 별이 쏟아지고 있었다.

20년쯤 전으로 기억된다. 삼촌은 이제 소설을 쓸 때가 됐다고 말했다.

"내가 아주, 어렸을 때야……."

삼촌은, 커다란 나무에 거꾸로 매달려 있던 아재 이야기를 했다. 나는 모르는 척, 30년도 훨씬 전에 들었던 이야기를, 다시 들었다. 아재가 죽기 전날 밤, 삼촌이 아재에게 다가갔다. 하늘에서 별이 쏟아지고 있었다.

"세희야, 조심해!"

아재가 큰 눈을 뜨고 숨넘어가는 소리로 삼촌에게 말했다. 삼촌은 말없이 울기만 했다. 삼촌을 바라보던 아재의 젖은 눈빛을 지금도 잊지 못한다고 삼촌은 말했다. 삼촌의 눈빛은 젖어있었다. 삼촌은 아재의 그 말 때문에 소설가가 됐다고 말했다. 그 이야기를 꼭 써야 한다고 말했다.

10년쯤 전으로 기억된다. 삼촌에게 전화가 왔다. 술을 한 잔 살 테니, KTX 여승무원 몇 명과 나오라고 하신다. 술값이 얼마 없으니 몇 명만 오라고 하신다. 술을 못하는 삼촌이 술을 한 잔 하자는 건, 중요한 일이 있다는 거다. 서점에 가서 삼촌 책 몇 권을 샀다. 떨리는 손으로 싸인을 하며 삼촌은, 여승무원들에게 선물을 줄 수 있게 배려해준, 조카에게 고마워했다.

삼촌은 인터넷에 떠도는 'KTX 여승무원이 되고 나서'를 읽었다며, 처음으로 나를, 시인으로 대해줬다. 그 시를 쓰기 전까지 나는, 글쟁이들이 모이는 곳에 가면 "소설가의 조카"라고 소개됐다. 그런데 그 시를 쓰고 "KTX 여승무원이 되고 나서를 쓴 시인"이라고 소개됐다. 나는 등단 22년을 소설가의 조카로 산 시인의 비애를 말했다.

"그 시는 정말 잘 썼더라!"

그날 처음으로 삼촌이 술 마시는 걸 봤다.

"나는 나이가 들면, 글을 더 잘 쓸 수 있을 거라고 생각했다."

삼촌이 말했다.

"그런데, 약으로 버티는 몸이 되고 나서, 약기운 때문에, 도저히 생각이 모아지지를 않는다."

나는 아무 말도 할 수 없었다.

그날 삼촌은 왜, 술을 한 잔 하자고 했을까? 술을 못하는 삼촌이 왜, 술을 마셨을까? 글을 쓸 수 없는 몸이 되기 전에 글을 쓰라고, 내게 말하고 싶었던 걸까? 선전 활동가로 살아가는 조카의 삶이, 시인의 삶보다 나아보여서, 그 말을 못했던 걸까?

그즈음, 어느 월간지에서 청탁이 왔다. 선생께서 인터뷰를 한사코 거절하니, 내가 선생 이야기를 좀 써달란다.

"소설도 못 쓰고 있는 소설가가, 무슨 할 말이 있겠냐고 생각하실 겁니다."

아, 꼭 그렇게 말씀하셨다고 한다.

"소설도 못 쓰고 있는 소설가를, 왜 너까지 나서서 괴롭히냐고 하실 겁니다."

말은 그렇게 했지만, 삼촌 이야기를 쓸 자신이 없었다. 시대와 맞서기 위해 삼촌은 소설을 썼지만, 소설을 쓰면서 자신의 모든 것을 소진해버렸다. 소설가의 운명이 이렇게 아픈데, 갑자기 왜 아픈 이야기를 쓰게 됐을까? 수화기로 흘러나온 삼촌의 고통스러운 목소리 때문이었을까?

40년쯤 전으로 기억된다. 나는 삼촌이 있던 겨울바다에 갔다. 중대한 결심을 했기 때문에, 그걸 꼭 삼촌에게 말해야 했다. 나는 시를 쓰겠다고 말했다.

"넌, 내 소설을 읽었니?"

"응."

"그럼 넌, 내가 더 이상, 소설을 못 쓴다는 걸 알았니?"

"아니."

"그럼 넌, 제대로 읽은 게 아냐."

무슨 말인지 알 수 없었다.

"시를 쓰면 넌, 견뎌낼 수 없을 거야."

나를 바라보던 삼촌의 젖은 눈빛을 지금도 잊지 못한다.

삼촌은, 더 이상 소설을 못 쓴다는 걸 알고 있었다. 하지만, 커다란 나무에 거꾸로 매달려 있던 아재 이야기를 써야 했기 때문에, 인정할 수 없었다. 도대체 왜 삼촌은, 이렇게 아프게 살아야 하는 걸까······.

삼촌의 몸이 더 나빠지기 전에, 삼촌을 만나야 한다. 삼촌을 만나면 나는, 이 글을 쓰면서 알게 된 사실을 말할 것이다. 그 누구도, 삼촌조차도 알지 못했던 이야기를 할 것이다.

커다란 나무에 별이 쏟아지던 밤, 그 나무에 거꾸로 매달려 있던 아재 이야기를, 삼촌은 썼다고……. 벽돌 공장의 높은 굴뚝에 달이 걸려 있던 밤, 그 맨 꼭대기에서 종이비행기를 날리던 난장이가, 그 커다란 나무에 거꾸로 매달려 있던 아재라고, 삼촌은 이미, 그 이야기를 썼다고…….

— 『철노웹진』 2017.12.11.

* 삼촌이 내게, 꼭 해야 할 말이 있다고, 전화를 했다. 아주 오래 전에도, 술을 못하는 삼촌이, 술 한 잔 하자고 전화를 한 적이 있었다. 삼촌은 그때, 하고 싶은 말을 하지 않았다. 나는 삼촌이 "꼭 해야 할 말"이, 그때 하지 못한 말이란 걸 안다. 나는 이 글을 크게 출력해서 삼촌에게 드렸다. 삼촌이 커다란 확대경을 대고 이 글을 읽었다. 커다란 나무에 거꾸로 매달려 있던 아재를, 삼촌은 "엉빙이아재"라고 불렀다. 삼촌의 후배 진호아재가 엉빙이아

재 이야기를 쓰고 싶어 했다고 삼촌이 말했다. 미국으로 떠난 진호아재가 돌아와서, 엉빙이아재 이야기를 쓰기로 했었다고 삼촌이 말했다. 진호아재는 엉빙이아재 이야기를 쓰지 못하고 밤하늘의 별이 되었다. 커다란 나무에 별이 쏟아지던 밤, 마을 아이들에게 귀신이야기를 들려주던 진호아재를 기억한다. "너는 이 세상에, 귀신이 있다고 생각하니?" 한 아이씩 돌아가며, 진호아재가 물었다. 내 차례가 오고 있었다. "뭐라고 말할까?" 내가 삼촌에게 속삭였다. "고생해서 얘기했는데, 있다고 해줘." 삼촌이 내게 속삭였다. 나는 진호아재에게 고개를 끄덕여주었다. 고개를 끄덕이는 나를 보며 좋아하던 진호아재를 잊지 못한다. "진호는 그때 이미, 자기가 써야 할 글들을, 다 써버린 거야." 삼촌이 말했다. 그 무렵 진호아재가 쓴 글들을, 나는 오랜 세월이 흐르고 나서야 읽었다. 젊은 날의 진호아재가 짊어졌던 삶의 무게가 나를 아프게 했다. 삼촌은 엉빙이아재 이야기를, 내가 희곡으로 썼으면 좋겠다고 말했다. 나는 대답할 수 없었다. 엉빙이아재의 시대와, 엉빙이아재의 아픔을, 삼촌의 시대와, 삼촌의 아픔을, 진호아재의 시대와, 진호아재의 아픔을 마주하기에는, 나는 너무 약했다. 내가 쓰겠다고 했으면, 삼촌이 좋아했을 것이다.

이 글을 쓰면서 나는 그게 아프다.

시간여행

버스가 교정으로 진입했다.

차창 밖으로 배근이가 보였다. 갑자기 온몸이 근질거렸다. 선수들을 모아, 족구 한 판 해야지! 급하게 창문을 열었다. 창문이 없다. 통유리창이다. 차창을 두드렸다.

"배근아! 배근아!"

앞쪽에 앉아있던 여학생이 돌아본다. 여학생 앞으론 운전석이 없고, 아래층으로 내려가는 계단이다. 2층버스! 순간 정신을 차렸다. 30년 전에는 버스가 정문 앞까지만 다녔다.

나는 학생이 아니라 학부모다. 아이의 기숙사 퇴사를 돕기 위해 학교에 왔다. 혹시, 배근이네 아이도 이 학교 다니는 거 아냐? 정말, 붕어빵인데……. 몇 년 전, 입학 30주년 기념으로 과 동기들이 모였다. 배근이는 명예퇴직을 하고 프리랜서로 일한다고 했다.

"형, 지금도 운동해요? 형, 학교 다닐 때, 열혈 투사였 었잖아."

졸업 후 처음 만나는 배근이가 조심스럽게 물었다.

"아니."

나는 짧게 대답했다. 배근이가 섭섭하게 웃었다.

짐을 꾸려서 떠나는 학생들로 기숙사는 정신이 없었다. 방에 들어가자마자 창밖을 봤다. 해양연구소 가는 길이 보였다. 그 길로 산책을 자주 다녔다. 족구와 산책과 술집과 도서관……. 남이 들으면 낭만을 떠올리겠지만, 나는 숨이 막혔다. 쿠데타와 학살로 집권한 군사정권은 정치와 경제와 사회와 문화를 야만의 시대로 되돌리려 발악을 했다. 4년 내내 교정은 최루가스에 휩싸였고, 나는 질식할 거 같았다.

꼭 30년 전, 마지막 기말고사가 끝나자마자 탄광촌으로 떠났다. 나는 세상을 바꾸고 싶었다. 노동현장에 들어가, 노동자들과 함께, 끔찍한 현실을 바꾸고 싶었다. 젊음에게 두려움은 없었다. 젊음이 두려워해야 할 것은, 좌절과 절망을 극복하지 못하고 주저앉는 것이다. 창밖 해양연구소 가는 길로, 두려움 없는 젊은 날의 시인이, 돌멩이를 툭! 차고, 걸어가고 있었다.

교지 편집부에서 일하는 아이가, 30년 전 교지에 실린 내 시를 찾아서 카톡으로 보내줬다.

살기 위해서 믿어왔던 것들을
저버리진 말아라
물처럼 바람처럼
이 땅을 흐르고 흘러서
거름진 흙으로 누워 이름 모를
고운 꽃들을 피우며 작은 새라도
아름다운 노래 불러준다면
어느 아픔으로 내일을 저버리겠니
겨울 속에서도 뿌리를 키우며
이 땅의 삶이고 싶어
할미꽃이 피고 진달래가 피고

피었다간 지고 그렇게 스러지며

어느 날쯤엔 아침처럼 밝아올

아름다움의 기다림을 말해주지 않니

기다림의 끝에 피어나는 사랑과

죽어가는 아름다움을 알 때까지는

작은 아픔에 눈물 흘리진 말아라

― 졸시 「이 땅에 살기 위하여」 전문

비장하다. 하지만 아픔은 구체적이지 않고 희망은 추상적이다. 나의 젊은 날은, 그 이후 내가 살아온 날들의 준비기간이 아니었던가 싶다. 나는 비장하게 졸업했고 현실과 부딪쳤다. 막연하게 느꼈던 아픔을 구체적으로 느끼고 고뇌하고 절망하면서, 그 극복의 실마리를 찾기 위해 끝없이 현실과 부딪쳤다.

"잘 있거라 학교야, 나는 세상을 바꾸러 간다!"

마지막 기말고사를 마치고, 교정을 나서며 가졌던 비장함이, 30년 동안 나를 지치지 않고 달려오게 했다.

아이가 후배가 된 덕분에, 30년 전의 나를 만났다. 그 때의 나는, 지금의 나보다 훨씬 멋진 젊은이였다.

해양연구소 가는 길로 걸어가던 멋진 젊은이가 뒤돌아본다.

"잘 살아, 임마!"

30년 전의 내가, 지금의 내게, 아주 작게 속삭이는 소리를 들었다.

"짜식, 걱정도 팔자네. 니가 너를 못 믿냐?"

나는 아주 작게, 30년 전의 내게 속삭여 주었다.

—『밀물』 2018년 봄호

비애

"사북역에 내렸을 때, 무언가가 가슴을 치지 않으면, 거기, 몇 달이고, 몇 년이고 있어도 소용없어. 넌 글쟁이가 아니니까. 바로 올라오는 차를 타고 돌아와!"

1987년 겨울이었다. 사북에 거처를 마련해 준 삼촌이 작별인사차 들른 내게 말했다. 청량리역에서 사북역까지 가는 동안 두려웠다. 가슴을 치는 무언가가 없으면, 돌아와야 한다. 사북역에 내렸다. 나는 돌아오는 차를 타지 않았다.

광산노동자들과 소모임을 했다. 토론 결과를 시의 형식으로 정리하고 함께 읽으며 고쳤다. 노동자들은 정리된 시를 유인물로 만들어달라고 했다. 인근에서 유일하게 복사기가 있던 도계성당에서 시 5편으로 삐라 200마리를 만들었다. 토론에 참여한 10여 명의 노동자들은 가명을, 나는 실명을 표지에 넣었다. 탈의실 옷장에 배포했다. 그 탄광에 다니고 있던 나와 이름이 같은 노동자가 붙잡혀 곤욕을 치렀다는 말은 사북을 떠나고 나서 들었다. 정치지망생이었던 사용자에 대한 신랄한 풍자가 사단을 일으킨 모양이었다.

술을 마시고 밤늦게 어두운 길을 걸어 집으로 돌아오는 길이었다. 갑자기, 멀리 앞쪽에 있던 1톤 트럭이 시동을 걸었다. 트럭이 내게 질주했다. 길가 화단으로 몸을 날렸다. 트럭은 화단 턱에 부딪쳐 튕겨나갔다. "미친 자식, 술 처먹었나!" 투덜대며 집에 오자마자 곯아떨어졌다. 다음날 밤에도 술을 마시고 늦게 어두운 길을 걸어 집으로 돌아왔다. 멀리 앞쪽에 있던 1톤 트럭이 시동을 걸었다. 나는 차가 다닐 수 없는 골목길로 뛰었다. 문득, 며칠 전에 걸려온 전화가 떠올랐다. 토론에 참여했던 광산노동자들 중 한 명이 안부전화를 했었다. 그 길로 다른 지역으로 떠났다. 무서웠다. 안기부보다 보안대보다 경찰보다 무서웠다. 6개월이나 지나서 집에 돌아왔다. 글을 쓴다는

게, 삐라를 만든다는 게, 목숨을 걸어야 하는 일이라는
걸 비로소 알았다.

　세월이 흐르고, 그때, 사북역에 내렸을 때, 내 가슴
을 치던 묵직한 것이, 목숨을 걸어야 하는 노동 아니었을
까? 그런 생각을 한다.

　산굽이 돌아 사북에 이르면 슬픔이 묻어난다
　저물어 돌아가는 길을 따라 어둠이 내리고
　저린 가슴으로 견뎌온 생애가 등성이 넘어
　보이지 않는 빛살로 다가오면
　가난을 사고파는 시장
　어두운 골목으로 아이들이 달려가고
　몸살을 앓던 젊음은 탄더미로 묻히는데
　끝 모를 어둠으로 내려가는 갱도를 따라
　지친 육신은 잠겨들고 희미한 불빛으로
　바라볼 수 있는 희망은 지척일 뿐
　더 깊은 어둠으로 들어가야 하는
　내일은 보이지 않는다

— 졸시 「사북에 이르면」 전문

　사북에서 쓴 시를 다시 읽으며, 그때, 사북역에 내렸을 때, 내 가슴을 치던 묵직한 것이, 삶과 죽음의 경계에서 노동을 하는 비애 아니었을까? 그런 생각을 한다.

—『자율평론』 51호 2017년

행복

"아무래도 너, 집에 가야겠다. 엄마가 미쳤대……."

대구에서 노동자들과 문학소모임을 하며 지내던 시절이다. 누나의 연락을 받고 집으로 돌아왔다.

걱정했던 것보다 어머니의 상태는 나쁘지 않았다. 내가 온다는 소식을 듣고 어머니는 교회 목사님께 부탁해서 내 직장을 마련해 두었다. 교회 부설 출판사 편집 일이었다. 그런 데 취직할 생각은 없다고 말하는 순간 어머니는 까무러치셨다. 울며 겨자 먹기로 어머니와 함께 출판사에 가서 면접을 봤다. 다음 주 월요일부터 출근하기로 하고 출판사에서 나오자마자 어머니와 헤어졌다.

"뭐, 잊은 게 있으신가요?"

출판사에 다시 들어가자 편집장이 환하게 웃는다.

"드릴 말씀이 좀 있어서요."

자리에 앉자마자 내가 면접에서 떨어져야 하는 이유를 주절대기 시작했다. 머지않아 열릴 새로운 세상은, 능력에 따라 일하고 필요에 따라 공급받는 세상이며, 나는 그 세상을 조금이라도 앞당기기 위해 노력하고 있다고 말했다. 면접을 본 이유는 어머니의 상태가 아주 안 좋기 때문인데, 내 입으로는 못 다니겠다고 못하겠으니 편집장님께서 제발 나를 떨어뜨려 주십사고 읍소했다.

"선생님의 부탁대로 어머님께 전화 하겠습니다. 그런데, 선생님의 얼굴이 말이지요, 너무 어둡습니다. 신념을 실천하며 사는 분의 얼굴이, 왜 행복해 보이지 않는 걸까요?"

편집장이 내 눈을 쳐다봤다. 그녀의 눈은 맑게 빛나고 있었다. 그렇게 행복한 얼굴을 보는 것은 처음이었다.

세월이 흐르고, 편집장의 소식을 들었다. 후배 시인에게 출판사 면접을 보며 겪은 일을 이야기 하자, 후배가 그 출판사에 다녔다는 것이다. 편집장은 30대의 젊은 나이에 암으로 세상을 떠났는데, 그렇게 열정적으로 한 생을 산 사람은 드물 것이라고 후배가 말했다.

세상에 눈뜨고부터, 세상을 바꾸고 싶었다. 그럭저럭 한눈팔지 않고 묵묵히 내 길을 걸어온 셈인데, 신념을 실천하며 살아왔으니 내 얼굴은 행복으로 빛나야 한다.

"그런데, 선생님의 얼굴이 말이지요, 너무 어둡습니다."

가끔, 해맑게 웃으며 내 눈을 쳐다보던 편집장의 눈망울이 떠오르곤 한다. 그때나 지금이나, 나는 내 삶이 버겁다. 내가 행복한 사람이라는 걸 이해는 하겠는데, 느끼지는 못한다.

이제는 스스로에게 너그러워질 나이도 되지 않았나 싶다. 약해빠진 시인나부랭이가 꿈꾸는 세상이 오지 않는다 해도, 꿈을 꾼다는 것은 얼마나 행복한 일인가. 나는 빛나는 꿈을 꾸는 사람이라고 주문을 외워본다.

—『철노웹진』 2017.4.19.

제2부

깃발

깃발

　　다니던 출판사에서 박남원 시인의 시집을 냈다. 시집이 매장에 잘 깔려있는지 보기 위해 종로서적에 갔다. 종각역에 내려 계단을 오르는데 뭔가가 밟혔다. 집어보니 '공무원시험안내서'였다. 내 나이에 갈 데가 있나? 종각역 입구에서 안내서를 뒤적였다. 아, 딱 한 군데 있었다. 마르크스도 떨어졌다던, 철도공무원! 출판사에 돌아와 사직서를 내고, 수험서를 사러 노량진으로 갔다. 철도에 들어가면 멋진 삐라를 만들어야지! 삐라 제호를 "전진하는 철도노동자"로 정했다. 소비에트연합 해체 이후 처음으로 가슴이 뛰었다.

　　돈도 벌고 글도 쓰고 삐라도 만들 수 있는 철도는 천

국이었다. 하지만 나는, "전진하는 철도노동자"를 만들지 못했다. 삐라를 창간하며 제호를 정할 때마다 내 뜻을 관철시키지 못했다. 1993년 '서울지역운수노동자회' 기관지를 창간하며 편집장이 되었지만 제호는 『자갈』로 정해졌다. 2000년 '철도노조 전면적 직선제 쟁취를 위한 공통투쟁본부' 기관지를 창간하며 편집장이 되었지만 제호는 『바꿔야 산다』로 정해졌다. 2007년 철도노조 기관지를 창간하며 편집주간이 되었지만 제호는 『철도노동자』로 정해졌다.

2006년에 철도노조 기관지 창간을 준비하며, 기관지 깃발을 미리 만들었다. 사회주의 몸통에 아나키스트 심장을 가진 깃발! 깃발을 볼 때마다 가슴이 뛰었다. 혁명 전야의 고요 속에 고고하게 나부끼는 깃발! 나는 꼭 그런 삐라를 만들고 싶었다. 정확하고 아름답고 멋진! 메이데이집회에 들고 나갔다. 여기저기서 깃발 주문이 들어왔다. 한국작가회의 자유실천위원회, 노동사회과학연구소, 철도해고자원직복직투쟁위원회 …… . 하지만 정작 철도노조는 깃발이 마음에 안 들었던 거 같다. 철도노조 창고에 보관해 놓은 깃발은 그날 저녁 사라졌다. 한나절을 나부끼고 사라졌다.

"저 깃발, 누가 만든 거니?"

메이데이집회에서 만난 소설가 조세희 선생이 철도노
동자와 함께 전진하는 깃발을 가리키며 물었다.

"나지, 누구겠어요."

"저거, 조그맣게 하나 만들어줘. 집에 걸어놓게."

"이제, 저 깃발 같은 삐라가 나옵니다."

"니 삐라는, 단단해서 좋아……."

조세희 선생이 쓸쓸하게 웃었다.

지금도 삐라 생각을 하면 가슴이 아리다. 삼촌도 그
럴 것이다. 나는 『노동해방문학』에서 쓸쓸하게 퇴각했
다. 삼촌은 『당대비평』에서 쓸쓸하게 퇴각했다. 우리는
'멋진 문예지'를 만들지 못했다.

새끼깃발 두 개를 만들어 하나를 드렸다. 나머지 하
나는 철도노조에 들른 소설가 김하경 선생에게 빼앗기
고 말았다. 깃발을 보자마자 다짜고짜 가방에 쑤셔 넣었
다.

혁명전야의 고요 속에 고고하게 나부끼는 깃발! 나는

꼭 그런 삐라를 만들고 싶었다. 정확하고 아름답고 멋진!
깃발은 한나절을 나부끼고 사라졌지만, 지금도 내 가슴
깊숙한 곳에서 나부끼고 있다.

—『자율평론』 53호 2017년

보고 싶다 찬복아

"철도 가면, 전기협부터 들러."

철도공무원 시험에 합격하고 인사를 하기 위해 전태일기념사업회에 들렀다. 사업회에서 자료실을 운영하던 박승옥 선배가 말했다.

"잘못 오셨는데요."

철도공무원 시보 발령을 받자마자 '전국기관차협의회'(전기협) 사무실이 있던 구로승무를 찾았다. 전기협 간사를 맡고 있던 조항건 동지가 말했다. 자리에 앉으라고 권하지도 않았다.

"따라 오시죠!"

조항건 동지가 일어섰다. 아래층에 있던 구로열차에 갔다.

"잘들 해보세요."

조항건 동지는 구로열차지부장 임도창 동지에게 나를 인계하고 바로 나갔다.

"동지가 운수분야라, 이리 데려온 겁니다."

임도창 동지는 나중에 연락을 할 테니 기다리라고 말했다. 한 달이 지나도 연락이 없었다. 화물열차 승무를 위해, 내가 근무하는, 오류동역에 온 승무원이 집회 선전지를 건넸다. 집회가 끝나고, 집회 사회를 맡았던 구로승무 이철의 동지를 만났다. 이철의 동지는 나중에 연락을 할 테니 기다리라고 말했다. 며칠 뒤 전화가 왔다.

"연락을 할 테니 기다리라고 했으면, 기다려야지, 왜 여기저기 쑤시고 다니는 겁니까?"

수원역지부 이찬복이라고 자신을 소개한 놈은, 초면부터 핀잔이었다. 이찬복 동지는 나중에 연락을 할 테니 얌전히 기다리라고 말했다. 그러고도 한 달인가 지나고 나서야, 영등포역 앞 삼보다방에서 이찬복 동지를 만났다. 그는 '서울지역운수노동자회' 대표를 맡고 있었고, 나는 바로 기관지 『자갈』 편집장을 맡게 됐다. 조직의 대표란 놈은 회의에 거의 나오지 않았다.

몇 달 뒤, 이찬복 동지가 나를 자신의 집으로 초대했
다.

그는 의왕역 관사에 살고 있었다. 그는 80년대 중반
부터 시작된 철도 민주노조운동을 간략하게 이야기했
다. 무슨 지하 전위조직운동처럼 비장하게 설명했다. 창
고에서 보자기로 싼 보따리를 가져왔다. 그동안 철도 민
주노조운동진영에서 발행한 각종 자료집과 선전물들이
었다. 하나하나를 들어 보이며 설명했다. 그는 보따리를
묶어 내게 건넸다. 그의 손이 떨리고 있었다.

"이제 동지가 이 자료들을 보관해 주세요."

이찬복 동지가 비장하게 말했다.

"철도를 떠나시나요?"

"제가, 치명적인 병에 걸려서……."

아! 울컥, 목이 메었다. 불치의 병에 걸린 줄도 모르고,
동지에게 무관심 했구나……. 나는 자세를 바로하고 보
따리를 받았다.

"그런데, 실례가 안 된다면, 무슨 병인지 여쭤 봐도 될
까요?"

무슨 병인지 알아야 동지들에게 그의 유고를 전할 거
아닌가.

"아, 실은 제가, 치질이 심해져서……."

치질! 이, 개자식이! 갑자기 뚜껑이 열렸다. 하지만 나는 목소리를 무겁게 내리깔았다.

"이건 제가 받을 수 없습니다."

보따리를 다시 그에게 건넸다. 이찬복 동지가 벌레 씹은 표정으로 나를 바라본다.

"이만 가보겠습니다."

나는 그와 헤어졌다. 그후 그를 보지 못했다. 전기협 파업이 끝나고 징계를 받고 전출된 그는 노민추가 결성되고 노조민주화투쟁이 부침을 겪는 내내 나타나지 않았다.

그가 다시 운동판에 얼굴을 내민 것은 2000년 직선제투쟁 때다. 가끔 공투본 상황실에 들러 뻘쭘하게 있다가 저녁을 사고 가고는 했다. 민주집행부가 들어서고 그는 조합 노사국장으로 민주노조운동진영에 복귀했다. 94년부터 2000년까지의 공백이 미안한 듯 그는 열혈 투사가 되어 돌아왔다. 지부장과 서지본 국장을 오가며 그는 잠시도 쉬지 않았다. 해고 이후에도 그는 지치지 않았다.

"그런데, 치질은 다 나은 겨?"

그가 쪽팔려 할까봐 나는 그에게 묻지 못한다.

복직을 해도 그는 바로 정년이다. 철도노동운동으로 나를 이끈 선배이자, 입사와 동시에 편집장으로 발탁해 준 은인이다. 하지만 그를 생각하면 자꾸 치질이 떠오른다. 자꾸 웃음이 나온다. 보고 싶다 찬복아……!

— 철도노조 홈페이지 2018.1.31.

15년의 세월

2003년 6월 28일 0시, 결전의 날은 오고야 말았다.

철도노조 선전팀 상황실에 있던 나는 궁금해서 견딜 수가 없었다. 머리털이 쭈뼛쭈뼛 서있을 조합원들을 위해 철도가족대책위원회 신문 『아빠, 힘내세요!』를 만들어 각 지방본부로 떨궜었다. 04시 파업선언 직전에 배포해달라고 부탁해 두었다. 신문배포가 잘되고 있는지 확인하기 위해 택시를 잡아타고 서울지역 거점인 연세대로 달려갔다.

"어? 그거, 집으로 우편발송 했는데요."

서지본 선전국장 조연호 동지가 자다가 봉창 뜯는 소리를 한다.

"아빠가 여기 있는데, 왜 집으로 보내!"

고래고래 소리를 질렀다. 분을 삭이며 씩씩거리는데 조합 선전국장 백남희 동지가 구석에서 노트북으로 뭔가를 쓰고 있다. 한 시간 뒤면 파업인데, 파업선언을 쓰고 있다. 오, 하느님! 경황없는 철도노동자를 통촉해 주시옵소서⋯⋯. 택시를 타고 상황실로 돌아왔다. 상황실에 와서도 정신을 차릴 수 없었다. 파업 돌입에 이어 공권력 투입. 백남희 동지 통신두절. 조합 선전은 마비됐다.

따지고 보면, "사회적 합의를 거쳐 철도구조개혁을 하자."고 먼저 제안했던, 정부의 몰염치한 기습이었다. 6월 9일 "철도구조개혁법" 입법 발의부터 6월 30일 국회 본회의 상정까지 일사천리로 몰아붙였다. 정부의 폭압적인 구조조정에 맞서야 했다. 철도노동자는 이를 악물고 정부의 강펀치를 맞았다. 조금이라도 덜 깨지기 위해⋯⋯.

"옛날 같으면 넌, 총살감이야! 2만5천 조합원의 선전 담당자가 체포를 당해?"
그날 연세대에서 체포되어 구속된 백남희 동지가 석방됐을 때 나는 면박을 주었다. 면회 한 번 안 온 내가 섭섭했을 텐데, 그는 푼수처럼 웃는다.

"개새끼들이, 아버지뻘 되는 조합원들을, 개 패듯 패잖아요?"

너 같으면, 아무리 중책을 맡고 있어도, 그걸 구경만 했겠냐는 눈빛이다.

"총잡이가 총을 놔두고, 왜 주먹을 휘둘러!"

버럭 소리를 질렀다.

15년의 세월이 흐르는 동안, 유치원에 다니던 딸내미는 대학생이 되었고, 시난고난 하시던 어머니는 돌아가셨다. 그의 직책은 15년 전처럼 철도노조 선전국장이다. 15년의 세월이 흐르는 동안, 철도노조 선전은 정부와 사용자에게 조금도 밀리지 않았다. 8년 넘게 지속된 철도노조 『주간소식』은 세계선전운동사에 전설로 남았다.

15년의 세월이 흐르는 동안, 그가 복직을 못한 이유를 나는 알고 있다. 철도를 자본에 팔아야 하니까! 그 간단한 이유 때문에, 해고동지들은 복직이 불가능했다. 정부 정책에 저항한 노동자를 복직시킨다는 건, 정부 정책이 잘못됐다는 걸 인정하는 거니까.

해고동지원직복직! 아주 간단한 요구지만, 그 요구가 핵심이고, 정부 철도 정책의 리트머스 시험지다. 그 요구를 하기에 앞서, 철도노동자의 결의가 필요하다. 결의가 없으면 요구가 되지 않는다. 허투루 외우는 공염불은 금방 탄로 난다. 철도노동자의 결의는 아주 간단하다. 아주 원초적이고 원색적이고 소박하고 절실하고 절절하다.

내 동료를 원상태로 돌려놓으라고!

이제는 제발, 한 가족에게 가하고 있는 잔인한 폭력을 멈추라고!

그 끔찍하고 악몽 같았던 15년의 세월을 보상하라고!

— 『철도노동자』 2017.9.19.

진검승부

운명의 날은 도둑처럼 왔다.

"10월 13일 집회에서 지부장들이 혈서를 쓰기로 했어요."

철도노조 서울지방본부 박세중 동지에게 전화가 왔다. 혈서를 쓰는 동안 낭송될 시를 써달라는 주문이었다. 숨이 막혔다.

"뭐라고 쓰는데?"

"총파업승리!"

심장이 멈췄다.

사흘 남았다. 어수선한 집회에서 여러 동지들이 혈서를 쓴다면 누가 그 시낭송을 듣겠는가. 집회 순서지에 시를 집어넣어야 한다. 이틀, 이틀에 써야 한다. 목욕재개하고 온 집안을 뒤져 만년필을 찾았다. 이를 악물었다. 결전의 날이 온 것이다.

철도에 입사해 첫 출근 하던 날이 떠올랐다. 역무실 입구에 역 현판이, 그 왼쪽 사무실 출입문 옆에 '보안주재' 현판이 걸려 있었다. 아, 보안주재……! 나는 그게 보안대 파견분소인줄 알았다. 전평 기관지 『전국노동자신문』 논설이 떠올랐다. 철도, 전력, 통신은 어떠한 일이 있어도 자본의 손에 넘겨주면 안 된다……. 전략사업장인 철도에는 보안대가 상주하고 있구나! 철도 진입에 성공한 나는 감격에 겨워 몸을 떨었다.

몇 년 뒤 새벽에 터진 사고가 떠올랐다. 새벽 두 시에 근무가 끝나 사무실에서 쉬고 있었다. 수송실 무전기로 "119! 119! 119!" 외침이 들려왔다. 현장으로 달렸다. 기관차와 화차가 사선으로 붙어 있었다. 기관차에 올라갔다. 얼마 전에 제대하고 복직한 수송 막내가 기관차 난간 아래 누워 있었다. 밀랍인형 같았다. 막내 이름을 부르며 어깨를 흔들었다. 꼼짝도 않는다. 울면서 따귀를 때렸다.

꼼짝도 않는다. 멱살을 움켜쥐고 흔들었다. 흔들다 보니, 허리 아래가 없다. 아! 나는 기관차에 주저앉았다.

역 광장에서 열린 영결식에서 추모시를 낭송했다. 다시는, 다시는, 원통하게 동료를 떠나보내지 않겠다고 나는 썼다. 절규했다. 그 추모시 때문에 먼 곳으로 유배당했다. 막내의 유족이 회사를 상대로 소송을 제기했다. 변호사 사무실에서 연락이 왔다. 그 사고 이후 한 동안, 사고가 나면 내게 연락이 왔다. 그때의 철도노조는 회사의 노무관리부서 같았다. 나는 현장 조사를 하고, 동료와 유족들 인터뷰를 하고, 자료를 수집해 유족측 변호사에게 넘겼다.

나는 지금도, 동지의 임종을 어머니와 단 둘이 지킨 일을 잊지 못한다. 산소호흡기를 떼던 순간, 어머니의 가슴이 무너지던 소리 ……, 그 소리를 어떻게 잊을 수 있겠는가. 49재 때 어머니가 술상을 차려주셨다. 어머니는 매일 밥상을 차려놓고 아들에게 편지를 썼다. 어머니가 그 편지들을 내게 주셨다. 가슴이 딱딱해져서 글을 쓸 수 없었다. 써야 한다! 어떻게든 써야 한다!

지부장들이 혈서를 쓰는 장면을 떠올렸다. 두 주먹을 움켜쥐고 단상에 오른다. 두 다리가 흔들린다. 뒤따르던 동지가 손을 잡는다. 무릎을 꿇는다. 면도날에 햇빛이 부서진다. 피가 튄다. 성북열차 이혜숙지부장이 대오에서 일어선다. 흐느낌으로 대오가 출렁인다. 심장이 터질 것 같아서 글을 쓸 수 없었다. 써야 한다! 어떻게든 써야 한다!

해고된 동지들이 떠올랐다. 감옥에 갇힌 동지들이 떠올랐다. 나는 한 번도 면회를 가지 않았다. 삐라를 만들어 우편으로 부쳤다. 세상을 떠난 동지들이 떠올랐다. 동지들의 못다 이룬 꿈들이 꾹꾹 머리통을 짓눌렀다.

나는 이를 악물고, 아주 천천히, 칼집에서 칼을 뽑았다. 총파업승리! 다섯 글자를 써봤다. 써진다. 총파업승리! 다시 써봤다. 써진다. 한 획, 한 획을, 아주 천천히, 나와, 동지와, 가족들의 아픔과 고통과 절망과 분노를 실어 쓰기 시작했다.

이틀 밤을 꼬박 샜다. 이 시를 쓰기 위해 지금까지 살아왔다. 철도노동자는 파업투쟁 중이다. 총파업승리를 염원하는 시를 쓸 수 있는 영광이 지금 내게 주어졌다. 써야 한다! 어떻게든 써야 한다! 나의 모든 걸, 쏟아 부었다. 쓰고, 찢어버리고, 쓰고, 찢어버리고, 또 썼다. 쓰다가 까무러치면 깨어나 다시 썼다. 눈을 뜨니 눈앞이 가물가물하다. 만년필 뚜껑이 열려있다. 내가 쓴 시를 읽었다.

하얀 광목 위에

나는 쓴다

빠앙!

기적을 울리며 달려온 세월

두 눈 비비고 저 멀리

아이를 업은 아내와

아내의 등에 업힌 아이를 위해

나는 쓴다

끼익, 끼이익!

아, 혀를 물고 철길에 쓰러지던 동료들

동료들의 빈소를 지키던 아주머니

허공을 쳐다보던 아이들의 텅 빈 눈망울 위에 나는

쓴다

눈을 뜨면 밥을 먹고 직장으로 달렸다

나의 노동이 아이들을 가르치고

맛난 먹거리와 따뜻한 잠자리를 주었다

이마에 구슬땀 흘러

기차바퀴 축에 기름을 쳤다

하나 둘 여차, 동료와 호흡 맞춰 침목을 깔았다

나의 노동은, 우리의 노동은

철길을 놓고 기차를 달리게 했다

그렇게 달려온 우리들

아비와 어미와 남편과 아내와 자식인 우리들

서럽던 시절,

이리 차이고 저리 차이고

하루건너 픽 픽 동료들이 철길에 쓰러지던 시절

우리는 보았다

너와 내가 함께 소리 지르면 노래가 되고

함성이 되는 것을

너와 내가 손 잡으면 단결이 되고 연대가 되어

진행, 진행, 진행, 신호기마다 파란 불빛 달고 내달려

노동이 존중받는 일터 사랑으로 믿음으로 하나 되는

삶터를 만든

철도노동자의 꿈과 긍지

저들은 모른다

자갈밭을 모른다

단 한 번도 동료들과 피눈물 흘려본 적이 없는 저들

은

철길을 모른다

나 살자고 동료를 버리는 자갈밭에

레일 한 장 침목 한 장 놓일 수 있겠는가

나 살겠다고 안전을 팽개치는 철길에

열차가 단 한 걸음이라도 발을 뗄 수 있겠는가

누가 감히 나의 노동을 줄 세우려 하는가

누가 감히 우리의 노동에 성과를 따지려 하는가

누가 감히 나와 동지를

동지와 나를

갈라놓으려 하는가

보아라!

우리가 얼마나 굳세게 전진하는지

들어라!

우리의 함성이 얼마나 크게 울려 퍼지는지

한 대의 기관차를 움직이기 위해 모여든

수많은 동지들의 숭고한 노동

무엇과도 바꿀 수 없는 우리들의 꿈과 긍지를 위해

나는 쓴다

하얀 광목 위에

뚝 뚝 떨어지는 피눈물로 쓴다

아내와 아이들과 남편과 어머니의 얼굴 위에

그 해맑은 미소 위에 눈망울 위에

총파업승리!

물러설 수 없는 우리들의 염원

총파업승리라고 쓴다

아, 썼다! 기어이, 마침내, 내가 썼다. 오, 하느님, 제가 썼습니다! 원고에 눈물이 떨어져 잉크가 핏물처럼 번져나 갔다. 혈서를 쓰기 하루 전이다. 시를 집회 순서지에 집어

넣어야 한다. 시낭송은 비수같이 날이 서고 묵직한 저음이 되는 여성 동지를 수배해야 한다. 박세증 동지에게 전화를 걸었다.

"야, 썼다……."

나는 초주검이 되어 있었다.

"아, 형! 그 혈서, 취소됐는데……, 내가 전화 안 했나?"

"뭐, 뭐라구! 이, 개자식아, 뭐라구!"

나는 무너져 내렸다. 도둑처럼 온 줄 알았던 운명의 날은, 온 것이 아니었다. 나는 이를 악물고, 뽑았던 칼을 아주 천천히, 칼집에 집어넣었다.

— 『철노웹진』 2017.12.4.

* 시 「나는 쓴다」는 브레히트의 시운을 빌려 썼다. 2016년 10월 19일 대학로에서 열린 '철도노동자 총파업 승리 결의대회'에서 낭송되었다.

나는 철도노동자다

운이 좋은 것인지 나쁜 것인지 모르겠지만, 2002년부터 2016년까지 여섯 번의 철도 파업 기간에 중앙 선전팀에서 일했다. 글쟁이는 글로, 삐라쟁이는 삐라로 투쟁에 복무하는 거라고 나는 배웠고, 그렇게 살아왔다.

모든 내리막길이 마찬가지지만, 파업의 내리막길은 고통스럽다. 파업대오에 균열이 생기고 이탈이 시작되고, 더 큰 이탈의 조짐이 보일 때 중앙은 복귀를 결정해왔다. 균열의 진원지가 중앙일 때도 있었다. 더 버틸 수 있다고 믿는 조합원들은 반발했다.

"이러려고 우리가 파업을 했나……!"

중앙은 복귀하는 조합원들에게 자괴감을 선사했다.

승리하고도, 패배감을 안겨준 파업! 내가 겪은 여섯 번의 파업은 그랬다. 내용적으로, 역사적으로 철도노동자는 정부와 사용자에 맞서 승리했다. 하지만 투쟁의 주역인 조합원들은 패배감을 안고 복귀했다.

"문제는 민주주의 아닐까?"

의사결정구조의 비민주성, 혹은 반민주성이 독단과 독선을 낳고, 의사결정과정에서 소외된 조합원들은 결정된 사항을 수행하며 패배감과 자괴감을 느끼는 거 아닐까? 특히, 이번 파업 기간 중 조합원들은 "광장민주주의"의 주역이었다. 독단과 독선의 정부와 사용자에 맞서 헌신적으로 투쟁해온 조합원들에게 언론보도를 통해 알려진 복귀는 용납할 수 없는 것이 아니었을까?

나는 여섯 번의 파업과 파업철회를, 중앙과 조합원이 만나는 접점에서 겪었다. 중앙의 입장에서, 그리고 조합원의 입장에서 보고 느낄 수 있었다. 그 15년의 짧고도 긴 세월 동안, 승리와 패배를 동시에 겪으면서, 나를 포함한 철도노조 조합원들은 묵묵히 전진해왔다.

"철도노동자는 도대체, 정체가 뭐예요?"

15년을 지치지 않고 투쟁하는 철도노동자들을 사람들은 경이의 눈으로 쳐다봤다. 노동조합을 지키기 위해, 직장을 지키기 위해, 사회의 공공성을 지키기 위해 온갖 희생을 무릅쓰고 투쟁하는 이상한 노동자들. 그 고난의 여정 속에서 단결이 몸에 밴 노동자들…….

"74일 동안, 그 고생을 하고 얻은 게 뭐죠?"
복귀 후 파업 불참 조합원과 비조합원들에게 들은 말이다. 나는 씩 웃고 만다. 그리고 속으로 중얼거린다.
"짜식아, 세상을 바꿨잖아! 직장을 지키기 위해 뻥이 쳤잖아! 넌 언제까지 던져주는 떡만 주워 먹을래!"

스스로의 운명을 개척해 나가는 철도노동자들, 노동조합의 틀에 갇히지 않고 우리 사회의 민주주의를 위해 고난의 길을 당당하게 걸어 나가는 철도노동자들…….
몸과 마음은 힘들어도, 가슴 깊숙한 곳에 똬리를 틀고 있는 묵직한 자부심, 나는 철도노동자다.

―『철도노동자』 2016.12.20.

쉬파리의 비애

지난 정부에서 공무원연금법을 개정할 때 일이다.

공무원연금 수급권자인 나는, 공무원연금법 개정 보도를 보고 화가 나서 견딜 수 없었다. 많이 내고 적게 받는 구조로 연금제도를 바꾸겠다는 게 개정의 취지인데, 노동자의 노후임금을 노동자의 허락도 없이 삭감하겠다는 날강도정책도 정책이려니와, 연금재정을 파탄 낸 운용책임에 대해 어떤 단죄도 없이, 가입자에게 피해를 전가하는 몰염치에 화가 났다. 그 몰염치에 화만 내야 하는 무기력한 내가 견딜 수 없었다.

노동운동진영의 마당발인 후배에게, 공무원노조 선전팀에 일자리를 알아봐 달라고 부탁했다. 연락이 없었다. 사회운동진영의 마당발인 후배에게, 공무원노조 선전팀에 일자리를 알아봐 달라고 부탁했다. 연락이 없었다. 기다리다 기다리다 직접 찾아갔다. 위원장을 만나고 사무처장을 만나고 신문 발행인을 만났다.

"무슨 일을 할 수 있나요?"

"기사도 쓸 수 있고 논설도 쓸 수 있습니다. 교정교열 윤문도 할 수 있습니다. 전단지, 포스터, 스티커, 팸플릿, 신문, 뭐든지, 기획부터 제작 배포까지 할 수 있습니다. 사무실 청소도 할 수 있습니다."

지금까지는, 우리나라 운동진영에서, 제일 오래 선전을 한 사람 중의, 한 사람이라고 말했다. 조합원선전이나 대시민선전 모두 가능하다고 말했다. 일거리를 주면 최선을 다하겠다고 말했다. 활동비는 필요 없다고 말했다.

나는 취업에 실패했다. 연락을 기다리다 기다리다 포기하고 후원계좌로 투쟁기금을 보내며, 할 만큼 한 거라고 스스로를 위로했다. 공무원노조는 총파업을 조직하지 못하고 집행부 총사퇴로 투쟁을 마무리 지었다.

나중에 들은 이야기인데, 공무원노조에서는 나를, 투

쟁기금을 뜯어먹으러온 브로커인줄 알았다고 한다.

"만주에서 돌아온 독립군을, 사기꾼 취급 하다 니……!"

위원장에게 그 말을 들은 옛 동지가 혀를 찼다고 한다.

따지고 보면, 돈을 뜯어먹진 않았지만, 브로커처럼 살 아온 게 맞다. 철도노조 민주화 이후, 공공부문 신자유 주의반대투쟁에 나는 감초처럼 꼽사리꼈다. 어느 사업장 에는 무려 3수 끝에 취업한 일도 있었다.

"피비린내가 나면 꼭 날아드는, 쉬파리들이 있어요!"

뒤통수로 날아드는 비난을 나는 무시했다. 비난하거 나 말거나 쉬파리는 쉬파리의 사상과 신념을 실천할 뿐 이었다.

기회주의라고, 협조주의라고, 개량주의라고, 모험주 의라고 욕을 먹는 지도부일지라도, 나는 온갖 비난을 감 수하며, 수단과 방법을 가리지 않고 날아들어 선전을 맡 았다. 낮에는 지도부 선전을 하고, 밤에는 지도부를 비판 하는 글을 썼다. 낮에는 전진을 위한 삐라를, 밤에는 후퇴를 막는 삐라를 만들었다. 나는 운동을 그렇게 배웠다. 침묵과 방관은 묵인이고 방조라고 배웠다. 서재에서 자유를 노래하지 말라고 배웠다. 초야에서 세상을 한탄하지 말라고 배웠다.

운동을 하려면 전위조직에서, 그걸 감당할 수 없으면 대중조직에서, 그것도 감당할 수 없으면 무엇이든 할 수 있는 일을 찾아서! 나는 운동을 그렇게 배웠다. 그렇게 살고 싶었다. 사무실 청소일도 맡을 수 없어 투쟁기금을 보내며 나는 스스로를 위로했지만, 삐라쟁이가 삐라로 투쟁에 복무할 수 없다는 게 원통했다. 이제 그 원통함과 위로에 익숙해져야 할 나이가 된 거라고 아무리 생각해도 원통했다.

— 『철노웹진』 2018.5.14.

무명용사를 위하여

구로승무 지영근 동지가 아프다.

철도노동운동사 『만화로 보는 철도이야기』 작업을
함께했던 동지들이, 한 달 걸러 한 번씩은 만났는데, 지
난달엔 모임을 걸렀다. 이달 말 퇴직이니, 철도 작업복을
벗기 전에 꼭 만나야 할 거 같다.

철도를 그만두기 전에, 그동안의 문예선전활동을 정
리하고 싶었다. 30년 넘게 만들었던 삐라들 속에서, 실명
으로 차명으로 익명으로 썼던 글들을 다시 불러냈다.

"그게 뭐라고 정리해."
지영근 동지가 말했다.

"삐라로 엮은 삐라 하나 만들려고."

"난 말이지, 가끔 이런 생각을 해. '무명용사의 비' 있지? 역사는 영웅이 만드는 게 아니라, 이름 없이 죽어 간 전사들이 만드는 게 아닐까. 꽃다발도 무덤도 없는 전사들의 꿈이 만드는 게 아닐까 하고 말이야. 그냥 그렇게 사라지더라도, 어느 한 순간, 진정으로 세상을 바꾸기 위해 투쟁했다면, 난 그걸로 됐어."

"무명용사는 그냥 그렇게 사라지지만, 삐라쟁이는 삐라를 남기고 사라지거든."

그나 나나, 사라져야 할 때가 됐다. 그는 그냥 그렇게 사라지고, 나는 내 마지막 삐라를 남기고 사라진다.

내가 그를 만난 것은 2000년 초봄이다. 철도노조 조합원들이 철도노조 간부들과 싸우고 있었다. 조합원들은 간부들이 독점하고 있던 임원선출권을 조합원들에게 달라고 요구했다. 조합원들은 테러와 구속과 해고와 전출에 굴하지 않고 투쟁했다. 그 와중에 구로승무지부 동지들이 지부장을 직접 선출하는 쾌거를 감행했다. '철도노조 전면적 직선제 쟁취를 위한 공동투쟁본부'(공투본) 기관지 『바꿔야 산다』 편집장이었던 나는 그를 인터뷰했다.

"이응천 알아요?"

인터뷰하는 건 난데, 그가 먼저 물었다.

"응천이!"

옛 친구의 얼굴이 떠올랐다. 전두환 군사정권 초기, "노동야학 조직사건"으로 고생한 친구다.

지영근 동지는 이응천과 노동야학을 같이 했다. 지난해 송년회에서 만난 이응천이 "시 쓰는 내 친구 김명환도 철도에 다닌다"고 했단다. 친구의 친구니 친구 아닌가. 같은 승무선에서 일하는 동료이자, 같은 조합에서 운동을 하는 동지이자, 친구이기도 하니 이런 인연이 또 있겠는가.

그날의 만남 이후 그와 나는 철도노조 민주화투쟁, 철도민영화 반대투쟁을 함께했다. 그 사이 우리의 몸과 마음은 많이 상했지만, 우리는 운동을 청산하지 않고 끈질기게 싸웠다. 우리는 전선에서 늙었다.

구로승무 지영근 동지가 아프다.

혼신을 다해 지켜온 철도를 떠나려니 아픈가보다. 혼신을 다해 싸우다가 상한 몸과 마음이 여기저기서 덧나고 있나보다. 동료가, 동지가, 친구가 아프니 글쟁이가 할 수 있는 일이 글밖에 더 있겠는가. '어느 무명용사에게 드리는 글'을 미리 써본다.

무명용사가 전선을 떠난다. 떠나봤자 얼마나 멀리 가겠는가. 단 한 번이라도, 진정으로 혁명을 꿈꿨던 전사는 전선을 벗어나지 못한다. 무명용사는 사라지지만 그의 넋은 전선에 있다.

— 철도노조 홈페이지 2018.12.2.

제3부

우리 아빠 철도 다녀요

말복
대가리를 붙여라
우리 아빠 철도 다녀요

말복

1.

기적이 울었다.

아홉시 사십오분 발 청량리행 비둘기호의 목쉰 기적 소리를 들으며 한주사는 땀에 젖은 손수건을 꺼내 이마를 닦았다. 이른 시간인데도 차창으론 더운 바람이 몰려들어왔다. 천장에선 낡은 선풍기가 딸그락거리며 더운 바람을 토해내고 있었다.

한주사는 이마의 땀을 훔쳐내며 멀어져가는 농암역을 차창 밖으로 내다봤다.

빌어먹을 자식들, 제 세상 만난 듯 설쳐댈 직원들을 생각하면 한주사는 벌써부터 소화가 안 되는 것 같았다.

지금쯤 이덕팔이놈은 웃옷을 훌훌 벗어부치고 매표구에 고린내 나는 두 발을 올려놓고 역전다방 강양에게 커피를 시켰을 것이다. 최중사놈은 휘파람을 불며 창고에 처박아 논 낚시도구를 챙기고 있을 것이다. 역전식당 제천댁이 따라주는 해장술을 벌컥벌컥 들이키는 김주사놈의 벌건 쌍판이 눈에 선하다.

문민시댄지 지랄인지 한주사는 세상이 자꾸만 물구나무 서가고 있다는 생각이 든다. 아무리 시골역이라지만 역장은 역장 아닌가. 옛날 같으면 국민학교 운동회에 지역 유지로 참석해 경쾌한 행진곡에 발맞춰 사열을 하는 지위다. 그런데 지금은 직원들 눈치 보기에 급급해하고 있으니……. 한주사는 자꾸만 왜소해지는 자신을 느낀다.

철도생활 삼십 년, 간신히 주사를 달고 농암역에 부임한 게 지난해 말이다. 꿈에 그리던 역장. 그 흔한 통일호가 하루에 두 번밖에 서지 않는 시골역이지만 한주사는 늦게나마 이룬 꿈에 가슴 벅차 했다. 하지만 그 가슴 벅참은 부임 첫날부터 산산조각이 났다. 김주사놈이 술이 벌겋게 취한 채 출근을 한 것이다. 주사는 무슨 얼어

죽을 주산가. 주정뱅이 주사지. 김주사는 사십 년 가까이 철도생활을 하며 진급을 못했다. 정년퇴직을 앞둔 그가 안쓰러워 주사라고 불러주긴 하지만 아직 기능직 9등급이다.

"아침부터 한잔 하셨군요?"

조회가 끝나고 한주사는 김주사에게 넌지시 말을 건넸다. 김주사 체면을 생각해서 얼굴에 미소를 띠우는 것을 잊지 않았다.

"아니, 무슨 술을 마셨다고 그래!"

김주사의 갈라진 목소리가 튀었다.

당황한 것은 한주사였다. 김주사는 어제 저녁에 마신 술을 가지고 생트집을 한다고 길길이 뛰었다. 별수없이 사과를 하고 말았지만 그때부터 한주사의 역장이란 지위는 여지없이 무너지고 말았다.

한주사는 김주사만 생각하면 이가 갈렸다. 주는 거 없이 미운 놈이 있다더니 김주사에게 맞춤한 말일 거라고 한주사는 생각했다. 말 한마디 행동 하나하나가 눈과 귀에 거슬렸다.

그 흔한 자전거조차 못타는 등신. 세상에, 기가 막히게도 김주사는 경운기를 몰고 출퇴근을 했다. 덜덜거리는 경운기 소리가 들려오기 시작하면 한주사의 골머리가 쑤셔오기 시작한다. 한주사의 하루일과는 두통으로 시작되는 것이다. 오후 서너 시쯤 되면 어디서 퍼마셨는지 벌건 얼굴로 집표실 안에 쪼그리고 앉아 고개를 끄덕이며 졸기 시작한다. 저녁이 되면 역무실 책상에 아예 두 다리를 올려놓고 침을 질질 흘리며 코를 곤다. 비번날에도 술을 엄청 퍼마시는지 하루는 김주사 마누라가 김주사를 리어카에 싣고 출근시킨 일도 있었다.

김주사에게 꼼짝을 못하는 한주사고 보니 다른 직원들 또한 한주사를 우습게 여겼다.

운전원 최중사, 공수부대 하사관 출신인 꼴통이다. 최중사가 문수역 구내원으로 있을 때, 역장 딸내미를 임신시키고 강제로 빼앗다시피 결혼한 일은 철도에 전설처럼 내려오는 이야기다.

이덕팔이놈은 또 어떤가.

"장인어른, 안녕하시어요?"

빌어먹을 자식이 툭하면 장인어른 장인어른 하며 치근덕거린다.

놈이 하는 일은 하루 종일 전화통을 붙잡고 있는 것이다. 농암역 전화요금의 팔십 퍼센트가 아마 놈의 것일

터였다. 그나마 시외전화를 막으려고 전화기에 차단기를 설치해도 놈에게는 소용이 없었다.

"아니, 노총각 장가 좀 가겠다는데, 역장님이 책임질 거유?"

놈이 눈알을 뒤집으면 한주사는 속이 메슥거렸다.

문란해진 기강의 모든 원인은 김주사놈으로부터 비롯되는 것이었다. 김주사를 작살내기로 작정한 한주사는 김주사가 침을 흘리며 자는 모습을 사진기에 담았다. 매일 매일 김주사의 동태를 감시해 수첩에 적었다. 지각, 무단외출, 근무 중 음주, 지시불이행, 근무태만, 복장불량, 접객태도불량…….

하지만 그것도 오래가지는 못했다.

자리를 비운 틈을 타 김주사의 책상을 뒤지던 한주사는 기가 질리고 말았다. 김주사의 노트에는 한주사 부임 첫날부터의 행적이 낱낱이 기록되어 있었다.

이제 남은 희망이라곤 김주사가 하루빨리 정년퇴직을 하는 길 뿐이었다.

하지만 그날까지 버틸 일이 태산이었다.

한주사는 이마에 흐르는 땀을 훔치고 객실 안을 휘둘러보았다. 맞은편 좌석 등받이에 백발이 성성한 노인이 몸을 기대고 서있다. 그 아래 눈을 감은 채 앉아있는 젊은이. 눈썹이 깜빡거리는 걸 보아 조는 체 하는 게 틀림없다고 한주사는 생각한다. 하지만 오십이 넘은 자신이 일어날 수도 없는 일 아닌가. 세상은 점점 요지경이 돼 간다고 한주사는 생각했다. 노인은 몇 살이나 먹었을까. 팔순을 맞는 한주사의 아버지⋯⋯. 한주사는 아버지의 팔순잔치를 치르기 위해 가는 길이었다. 고혈압과 당뇨로 고생하는 아버지를 생각하면 한주사는 다시 열불이 터졌다. 김주사놈이 죽염인지 생소금요법인지 하며 열변을 토했을 때 한주사는 그냥 흘려듣는 척 했지만 내심으론 혹시나 하는 마음이 일기도 하였다. 화근은 매사를 참지 못하는 자신의 입이었다. 그날 밤 어머니께 전화를 한 것이 기어이 일을 내고야 말았다. 몸에 맞는지 확인조차 안 된 생소금을 잔뜩 먹은 아버지는 연일 설사를 계속하더니 끝내 몸져눕고야 말았다. 그런 일을 김주사에게 발설할 자신의 입장도 아니었다.

김주사놈에게 더더욱 화가 치미는 일은 아침에 직원들이 건네준 봉투를 열어보고 나서였다. 2만원도 아니고 만원씩이었다. 지난 봄 김주사놈 막내딸을 여읠 때 한주사는 거금 3만원을 부조했었다. 그렇게 융통성이 없으니 아직 9등급이지……. 한주사는 끌끌 혀를 찼다.

다시 기적이 울었다.

비둘기호는 덜커덩거리며 서울지경으로 들어서고 있었다.

2.

철도생활 사십 년, 김주사는 드디어 꿈을 이뤘다.

김주사는 웃통을 벗어부치고 양말을 벗었다. 푹신한 의자 등받이에 몸을 기대고 두 다리를 책상 위에 올려놓았다. 김주사는 두 눈을 감고 잠시 나른한 행복감에 빠져든다. 삐거덕거리며 안락의자가 흔들린다.

"역장님, 자세 나옵니다."

한참을 창고에 가있던 최중사가 휘파람을 불며 역무실로 들어서다 빙글거린다.

"역장님, 커피 한잔 시킬까요?"

이덕팔이놈이 대답을 듣기도 전에 수화기를 집어 든다. 커피값을 뜯어내려는 놈이 얄밉기는 하지만 역장님이란 소리가 달콤하게 들리는 김주사다.

역장……. 빌어먹을, 정확하게 말해서 역장 권한대행

이다. 아무튼 역장은 역장이다. 직책으로 치자면 최중사가 위지만 철도밥으로 의자에 눌러앉으면 그만이다.

"제발 부탁이니 오늘은 술 좀 마시지 마세요."

한주사놈이 아침부터 잔소리를 퍼붓고 떠나지만 않았어도 오늘은 김주사 인생 최고의 날이었을 것이다. 하지만 그까짓 잔소리야 날마다 듣는 것 아닌가. 다 잊어버리고 오늘 하루를 맘껏 즐기리라고 김주사는 생각한다.

"어머, 무슨 역장님이 난닝구 바람이셔?"

역전다방 강양이 엉덩이를 흔들며 역무실로 들어선다.

"지금이 문민시대 아닌가, 강양은 어디 유신시대에서 왔는가?"

신호조작판 앞에서 낄낄거리며 주간지를 읽고 있던 최중사가 느물거리며 강양 엉덩이를 두드리려 달려들자 이덕팔이놈이 잽싸게 둘 사이를 가로저으며 강양의 보따리를 받아든다.

"아니, 장인어른, 사위 앞에서 무슨 짓이셔요?"

"예끼 이놈, 누가 네 장인이여?"

"아따, 장인어른, 집에 가서 딸내미 배나 만져보고 오시어요."

"이런 개 같은 자식!"

기어이 또 한판 사단이 벌어지고 이덕팔이놈은 낄낄거리며, 최중사놈은 씩씩거리며 역무실을 뒤집어 놓는다.

벌써 3년째 한솥밥을 먹으니 한식구 같은 최중사와 이덕팔이다.

아침부터 이덕팔에게 한방 먹은 김주사지만 날이 날인지라 김주사는 허허 웃고 말았다.

"예, 중앙선 농암입니다."

한주사가 나가자마자 걸려온 전화를 김주사는 목소리를 내리깔고 받았다.

"예, 여기는 경의선 수색인데요, 유용 두 장만 부탁합니다."

승차권 발매를 부탁하는 전화였다.

"아니, 거기는 단말기가 없나요?"

"예, 단말기가 고장이 나서요."

"아니 그럼 서울역에 부탁해야지요. 여기는 중앙선 아니오?"

"아, 거기가 중앙선입니까?"

"아니, 이 양반이 철도밥 거꾸로 먹었나, 아직 선도 모르오?"

"아니, 이 양반이라니? 어떤 놈이 반말지거리야!"

기어이 한판 싸움이 붙고 말았다. 핏대를 올리고 개소 닭 돼지 말 온갖 짐승들 족보를 올리고 나서야 김주사는 수화기를 집어던졌다.

"장인어른, 무슨 전화를 그리 불친절하게 받으시어요?"

이덕팔이놈의 빙글거리는 눈빛을 보는 순간 김주사는 아차 싶었다. 최중사놈이 배꼽을 잡았다. 또 당한 것이다. 벌써 몇 번째인가. 코앞에서 전화를 하는데도 번번이 당하고야 마는 김주사였다.

신호실 무전기로 희소식이 날아온 것은 김주사가 막 단잠 속으로 빠져들려는 순간이었다.

농암역에 비상이 걸렸다. 325열차 기관사로부터 미추역과의 중간 건널목에서 강아지 한 마리를 깔았다는 무전이 날아온 것이다.

정신을 차렸을 때, 이덕팔이놈은 벌써 오토바이 시동을 걸고 있었다. 미추역 놈들보다 한발 앞서야 오랜만에 몸보신을 할 수 있는 것이다. 게다가 오늘은 말복 아닌가. 한주사도 없겠다. 최중사는 벌써부터 입이 찢어지고 있었다.

"덕팔이 파이팅!"

최중사가 손가락으로 브이자를 그리며 목청을 높였
다. 덕팔이놈이 적토마라고 부르는 시뻘건 오토바이는
벌써 시야에서 사라지고 있었다. 하늘이 내리시는 선물
을 덕팔이놈이 놓친 적은 한 번도 없었다.

김주사는 다시 한 번 오늘이 인생 최고의 날이라고
생각했다.

3.

기적이 울었다.

원주행 비둘기호는 덜커덩거리며 미추역을 떠났다.

빌어먹을 자식들, 한주사는 땀에 젖은 손수건을 꺼내
이마를 닦았다. 차창 밖 하늘 위로 별들이 반짝이고 있
었다.

개값만 무는 걸로 일이 끝난 게 여간 다행이 아니라
고 한주사는 생각했다. 개값 10만원에 지서 직원 회식비
5만원, 생돈 15만원을 꼬나 박은 생각을 하면 울화가 치
밀었다.

미추역에서 연락이 온 건 한주사가 한참 끗발을 올리고 있을 때였다. 한주사는 오늘이 자신의 인생 최고의 날이라고 생각했다. 지긋지긋한 놈들의 등살에서 벗어나 모처럼 느껴보는 해방감이었다. 웬일인지 오늘따라 끗발이 기분을 맞춰주었다. 하지만 호사다마라고, 옛말이 어긋나는 걸 한 번도 본 적이 없는 한주사였다. 처남들 돈을 왕창 긁고 있는데 미추역장으로부터 전화가 걸려온 것이다.

"허허, 말복인데 비싼 개고기 먹게 생겼수."

전화 저편으로부터 미추역장이 비아냥거렸다.

마을 주민으로부터 개를 도난당했다는 신고가 미추지서에 접수됐다는 것. 오토바이에 강아지를 싣고 가는 역 직원이 주민들에게 목격됐다는 것. 농암역 전화는 몇 시간째 불통이라는 것을 미추역장은 아주 간단하게 사무적으로 말했다.

미추역장이 기차에 깔려죽은 강아지를 직원이 주워간 모양이라고 증언을 서주었지만 개주인은 절도라고 박박 악을 써댔다. 다행히 미추지서장이 중간에 나서 10만 원에 합의를 봐주었다. 주인놈이 알지도 못할 강아지새끼 족보를 쳐드는 바람에 한주사는 한참을 애간장을 태

워야 했다.

처남들에게 긁은 돈을 고스란히 개값으로 물어준 한
주사는 치밀어 오르는 울화를 간신히 삭이고 있었다.

그렇지 않아도 저녁땐 개고기 몇근을 들고 돌아갈 요
량을 하고 있던 한주사였다.

집에 도착하면서부터 입에 침이 마르도록 공치사를
해대는 어머니 덕에 잠시나마 김주사에게 고마운 마음
을 가져봤던 한주사였다. 어머니 말에 의하면 시난고난
하며 누워계시던 아버지가 며칠 후 벌떡 일어나더란 것이
다. 계속 생소금을 드시더니 이제는 매일 아침 약수터에
도 나가시고 노인정에도 나가시고 몸이 몰라보게 좋아졌
다는 것이었다.

그래도 그 사람이 심성은 고운 사람이지. 자식농사
망치는 바람에 그 모양이 됐지만 한때는 중앙선에서 성
실하기로 소문난 사람 아니던가. 한주사는 마누라에게
개고기 닷근을 부탁했다.

다시 기적이 울고 비둘기호는 덜커덩거리며 농암역을
떠나갔다.

한주사와 뒷마을 칠복이 할멈, 농암역에서 내린 손님

은 단 두 명뿐이었다. 칠복이 할멈은 서울로 시집간 딸네 집에 다녀오는 모양이었다.

역시 집표구에는 아무도 없다. 한주사는 칠복이 할멈의 승차권을 받아들었다.

역무실 문을 들어서니 덕팔이놈이 자신의 책상 위에 두 다리를 올려놓고 골아 떨어져 있다. 술냄새가 코를 찔렀다.

"김주사랑 최중사 어디 갔어!"

한주사가 책상을 쳤다. 벌떡 일어선 덕팔이 영문을 모르겠는지 커다란 눈을 껌뻑인다.

"김주사랑 최중사 어디 갔어!"

한주사가 다시 책상을 쳤다.

"저, 저녁 먹으러 갔걸랑요……."

"지금이 몇신데 저녁을 먹어!"

"오후에 좀 바빠서요……."

"흥, 개 잡느라고들 바쁘셨겠지……."

한주사는 역무실을 나와 이덕팔의 오토바이 시동을 걸었다. 눈을 크게 뜬 이덕팔이 역무실 밖으로 쫓아 나온다.

"저거나 냉장고에 넣어!"

한주사는 자신의 책상 위에 내팽개친 개고기 닷근을 가리켰다.

한주사를 태운 이덕팔의 오토바이가 털털거리며 후덥지근한 말복날 밤공기를 가르기 시작했다.

4.

"형님, 그 나이에 육량이 대단허요."

한참을 우물거리던 개다리 뼈다귀를 내려놓으며 최중사가 혀 꼬부라진 소리를 한다.

"이놈아, 이래 봬도 일주일에 두 번은 한다."

김주사가 앞에 놓인 잔을 들어 단숨에 술을 들이켜고 잔을 최중사에게 건넨다.

"허다니 뭘 말이요?"

짐짓 모르는 척 최중사가 키들거린다.

"구들농사도 모르냐, 이놈아!"

김주사가 언성을 높인다.

카! 술잔을 단숨에 비운 최중사가 눈살을 찌푸린다.

"한역장 없으니 살 것 같지요?"

"좋기야 좋지만 갈굴 사람이 없으니 왠지 섭섭하구

만."

"허긴, 잔소리가 많아서 그렇지 사람은 좋은 사람이야요."

"그거야 맡은 책임이 있으니까 그렇지."

"허, 형님 역장 하루 해보더니 아주 싹 달라졌구만."

최중사가 비아냥거린다.

김주사는 최중사가 건네주는 잔을 받아들었다.

멀리서 오토바이 불빛이 다가온다. 덕팔이놈이 그새를 못 참고 쫓아오는 모양이다.

김주사는 그래도 덕팔이만한 놈이 없다고 생각한다.

피를 뚝뚝 흘리는 강아지새끼를 실어온 덕팔이는 창고를 뒤져 토치램프를 끄집어냈다. 소화물창고 뒷켠에서 강아지 목을 따고 피를 뺀 덕팔은 토치램프로 강아지를 새까맣게 그슬렸다. 김주사와 최중사는 장작을 한아름 안고 역을 나섰다. 덕팔이가 오토바이에 가마솥과 그을린 개고기와 양념을 실어 날랐다. 강가에 솥을 건 덕팔이가 강아지 배를 갈랐다. 김주사는 가마솥에 불을 지폈다. 그새를 못참은 최중사가 풍덩 물속으로 뛰어들었다.

"빌어먹을 자식, 누가 교대 안 해줄까봐 그새를 못 참고 쫓아와?"

최중사가 언성을 높였다.

대답이 없다.

김주사는 침침한 눈을 비볐다. 덕팔이놈의 몸집이 두 배로 보인다.

"거기 누구요?"

최중사가 목소리를 낮춘다.

오토바이의 헤드라이트를 끄고 한주사가 다가온다.

"어, 어, 어……."

최중사의 입이 벌어진다.

"아니, 말복에 미친개를 삶아먹었나, 왜 말을 못해!"

한주사가 언성을 높인다.

"역장님……."

김주사가 마지못해 입을 떼었다.

"역장이고 지랄이고 쇠고랑 차기 싫으면 빨리 지서에 가봐."

"지서라니요?"

최중사의 목소리가 가늘게 떨려나왔다.

"아니 그럼 남의 집 진돗개 잡아먹고 무사할 줄 알았 나?"

"진돗개!"

김주사와 최중사의 입이 동시에 벌어졌다.

"지서에 다녀와서 시말선 쓰도록 해요. 그리고 내일 첫차로 본청에 들어가도록 해요. 사건이 매듭 될 때까지 대기발령이요."

말을 자른 한주사가 오토바이 시동을 걸었다.

멀어져가는 한주사의 뒷모습을 확인한 김주사와 최중사는 털썩 자리에 주저앉았다.

말년에 개피 뒤집어쓰는구나, 김주사는 술이 확 깨는 걸 느낄 수 있었다.

주섬거리고 일어선 최중사가 가마솥을 뒤적거린다.

"뭐해?"

"니기미, 줴다 뱃속에 들어가 버렸으니 그게 똥개란 걸 뭘로 증명하지요?"

"짖어봐라 이놈아, 뭔 개소리가 나오는지."

김주사는 술병을 들어 나발을 분다.

다시 오토바이가 다가온다.

"빨리빨리 갑시다."

최중사가 개다리 뼈다귀를 신문지에 돌돌 말아 가슴에 품으며 일어섰다.

오토바이가 멈췄다. 이번엔 틀림없는 덕팔이다. 뭐가

그리 좋은지 싱글벙글이다.

"이놈아, 그래 진돗개를 줏어와?"

최중사가 언성을 높였다.

"니기미, 장인어른은 그것도 모르고 잡수셨수?"

덕팔이가 다시 가마솥에 불을 지핀다.

"뭔 짓이여?"

"아따, 내일 삼수갑산을 가도 먹을 건 먹어야지요."

덕팔이가 신문지에 싼 개고기를 꺼내 가마솥에 넣는
다.

"역장님도 결산 끝내고 나오신다고 했어요. 오늘은 마
음 놓고 실컷 마시래요."

덕팔이가 눈물을 훔치며 후후 불씨를 살린다.

멀리 강 아래로부터 물안개가 피어오르고 있었다.

─『철도노동자』 2006.8.9.

* 이 글은 1993년 차명으로 발표했던 것을 고쳐 쓴 것
이다.

대가리를 붙여라

이것은, 꿈이 아닌 것이 틀림없다.

오른손 엄지와 검지로 오른뺨을 꼬집은 김씨는 잡업복을 갈아입었다. 수송원 30년에 작업복을 다려입는 것은 처음이었다. 작업복뿐인가. 김씨는 가방에서 진행을 알리는 푸른 깃발, 정지를 알리는 붉은 깃발을 꺼내 깃대에 꽂는다. 철도 120년에, 신호깃발을 다린 수송원은 김씨가 처음일 것이다.

철도 노사가 공동으로, 남북철도공동점검에 참여할 직원을 공개모집한 게 세 달 전이다. 기관차와 객차와 화차를 떼고 붙이는 수송원 3인 1개조도 포함되어 있었다. 본무조차 김씨, 중간조차 이씨, 새끼조차 박군, "막강 김씨조"가 내노라하는 경쟁조들을 물리치고 뽑혔다.

09시 정각, 통일열차는 기적을 울리며 서울역을 떠났다. 디젤기관차에 객차 두 마리, 화차 세 마리, 발전차 한 마리를 달았다. 10시 15분, 통일열차는 분단역에 도착했다. 이제 남쪽 기관차를 떼고 북쪽 기관차를 달면 통일열차는 신의주까지 달리며 선로상태와 신호체계를 점검할 것이다.

김씨는 오른손으로 안전모를 두드리고, 자신의 목을 그었다. 기관차를 자르라는 뜻이다. 이씨가 객차쪽, 박군이 기관차쪽으로 들어가 공기코크를 잠그고 공기호스를 풀어 걸고 물러난다. 김씨가 연결기 고정쇄를 잡고 깃발을 좌우로 살살살 흔들었다. 기관차가 객차쪽으로 살살살 움직인다. 연결기가 밀착되는 순간, 고정쇄를 올리고 위아래로 흔들었다. 기관차가 떨어졌다. 깃발을 위아래로 크게 흔들어 기관차를 북쪽선으로 올려 보냈다.

북쪽선으로 올라간 남쪽 기관차가 남쪽선으로 내려가고, 북쪽 기관차가 북쪽선으로 올라갔다. 이씨와 박군이 중계신호를 하기 위해 북쪽으로 달려간다. 김씨는 푸른 깃발을 좌우로 힘차게 흔들었다. 빨리 와라, 이놈아! 이씨와 박군이 깃발을 흔든다. 기관차에 올라탄 북쪽 수송원 세 명이 깃발을 흔든다. 기관차가 달려온다. 북쪽 수송원이 붉은 깃발을 펼친다. 기관차가 멈추고 박군을 태운다. 기관차가 다시 멈추고 이씨를 태운다. 남북 수송원 다섯 명이 푸른 깃발을 흔든다. 김씨가 푸른 깃발을 까딱, 머리 위로 출렁이고 붉은 깃발을 펼쳤다. 수송원 다섯 명이 까딱, 푸른 깃발을 출렁이고 붉은 깃발을 펼쳤다. 기관차가 멈추고 수송원들이 내렸다. 김씨가 물러섰다. 이제부터는 북쪽 몫이다.

북쪽 본무조차가 오른팔을 김씨쪽으로 쭉 펴더니 남쪽을 멀리 가리킨다. 안전모를 두드리고 양손을 머리 위로 올려, 붙이고 떼고를 반복하다가 오른손으로 김씨를 가리킨다. 남쪽 멀리에서 왔으니 김씨가 기관차를 붙이라는 뜻이다.

김씨가 왼손 붉은 깃발을 비스듬히 세우고 오른손 푸른 깃발을 머리 위에서 살살 흔들었다. 기관차가 살살 다가온다. 푸른 깃발을 파르르 떨다가 붉은 깃발을 펼쳤다. 덜컥, 연결기가 붙으며 고정쇄가 떨어졌다. 북쪽 본무조차가 기관차쪽으로 들어온다. 남북 본무조차가 기관차와 객차의 공기호스를 연결했다. 공기코크를 살며시 열었다. 쉬이익! 공기관통양호!

김씨가 오른팔을 북쪽 본무조차를 향해 폈다. 북쪽을 멀리 가리켰다. 오른팔을 위아래로 흔들고 좌우로 흔들다가 북쪽 본무조차를 가리켰다. 북쪽 멀리 가야하니 북쪽 본무조차가 제동시험을 하라는 뜻이다. 북쪽 본무조차가 오른손으로 김씨를 가리키고 자신의 가슴을 치더니 동그라미를 그린다. 남북이 함께 하자는 뜻이다.

김씨는 열차 제일 뒤 본무조차 자리를 양보했다. 수송원 여섯 명이 쭉 늘어섰다. 북쪽 본무조차가 두 깃발을 거머쥐고 위아래로 흔든다. 수송원 다섯 명이 순차적으로 깃발을 흔든다. 기관차가 제동을 잡는다. 객차와 화차와 발전차에 제동이 잡힌다. 북쪽 본무조차가 거머쥔 깃발을 좌우로 흔든다. 수송원 다섯 명이 순차적으로 깃발을 흔든다. 기관차가 제동을 푼다. 객차와 화차와 발전차에 제동이 풀린다. 제동! 제동완해! 제동! 제동완해! 북쪽 본무조차가 발전차에 오른다. 공기압력을 확인한다. 발전차에서 내려와 두 깃발을 거머쥐고 동그라미를 그린다. 수송원들이 순차적으로 깃발 동그라미를 그린다. 기관차가 빵! 기적을 울렸다. 수송원들이 멈추지 않고 깃발 동그라미를 그렸다. 빵! 빵! 빵! 통일열차 발차준비 완료!

— 『노동과 세계』 2018.9.20.

우리 아빠 철도 다녀요

"에고······, 이제 나도 늙었구만."

계단을 다 내려와서야 김노인은 허리를 폈다. 한 손으로 지팡이를 쥐고 한 손으로 난간을 잡아야 하니 계단처럼 불편한 것이 없다. 그렇다고 에스컬레이터를 타자니 왠지 중심을 못 잡을 것 같아 불안하기만 하다. 먼 나들이를 한 지도 몇 년은 된 것 같다.

광장으로 나서며 김노인은 초대장을 다시 펴 들었다.

'전국철도노동조합 창립 100주년 기념대회'

초대장을 받고 김노인은 얼마나 가슴이 뛰었는지 모른다. 세상과 인연을 끊고 산지 몇 십 년인데 이놈들이 날 다 기억해 주다니······.

철도회관 입구에서부터 행사 안내원들이 깍듯이 맞아준다.

김노인은 엘리베이터 6층을 눌렀다.

"철해투부터 들러야지······."

철도 하면 떠오르는 게 득시글거리던 해고자들이다. 퇴직을 하고서도 늘 가슴 한 구석에 걸려있던 옛 동지들······.

어라? 6층 입구에 있던 철해투 사무실이 없다.

"여기, 철해투 사무실은 어디로 옮겼지?"

안내원에게 물었다.

"철해투라뇨?"

"아, 해고자 사무실 말야!"

"아! 옛날에, 해고자들이 있었다는 이야기는 들었습니다만······."

"옛날에?"

그럼, 이놈들이 노조를 말아먹었구만······. 근데 난 왜 불러······?

어용노조가 들어선 게 틀림없었다. 해고자들을 노동조합에서 돈 몇 푼으로 정리해버리는 일들이 옛날에도 심심치 않게 있었다. 그러고 보니 철도노조가 파업을 했다는 소식을 들은 기억이 없다.

"어! 이게 누구야, 편집장 아니신가?"

웬 할뱅이가 반갑게 다가온다. 누구?

"나야, 지영근!"

"아! 안 죽고 살아있었구만……."

손을 잡았지만 손에 힘이 없다. 이놈도 뒈질 날이 얼마 안 남았구만.

"근데 이놈들이 노조를 말아먹은 거야? 왜 철해투가 없어!"

"하이고, 이 영감탱이가 달나라에서 왔군. 철해투 해체된 게 언젠데……."

뽕나무밭이 바다가 된다더니, 달라져도 너무 달라져 있었다. 해고자들은 전부 복직돼서 다 퇴직했고, 파업할 일이 없으니 해고자도 없단다. 시설과 운영이 통합되고, 정부가 분할해 팔아먹었던 민영철도회사들도 다시 회수했단다. 철도산업에 비정규직란 용어 자체가 없어졌단다.

"아니 그럼, 노동조합은 뭘 해?"

"할 일이 많지. 경영사업, 복지사업, 정치사업, 사회사업, 문화사업, 경제사업, 기념사업, 국제사업 ……."

"하이고, 개량주의의 극치를 달리는구만. 노동조합 간판을 아예 복지조합으로 바꾸지?"

"허, 걸레는 빨아도 걸레라더니, 이 빨갱이 귀신은 안 잡아가나 ……?"

지노인이 혀를 찬다.

"선수!"

반갑게 다가오는 노인네는 틀림없이 김영훈이다. 김노인을 그렇게 부를 놈은 그놈뿐이 없다. 정장에 나비넥타이를 맸다.

어? 저놈이 또 위원장? 60주년, 70주년, 기념식 때마다 나타나서 위원장 해 처먹더니 100주년에도 저놈이 위원장이야? 그럼, 철도가 종신고용?

"저도 오래 전에 퇴직했고요, 역대 위원장들이 행사장 안내를 맡았습니다. 선배님들이 오늘 주인공이시죠."

행사장에 들어서니 무대에 커다란 걸개그림이 걸려있다.

기차가 달려가는 배경으로 철도노동자가 여자아이 목말을 태우고 있다. 아이의 손에 노랑풍선이 들려있다. 풍선 두 개는 파란 하늘로 날아오른다. 뭉게구름 사이 파란 하늘에 새겨진 카피!

"우리 아빠, 철도 다녀요!"

아! 민영화저지투쟁이 끝나면, 노동조합 선거할 때 꼭 쓰려고 아껴뒀던 카피…….

모두가 부러워하는 최고의 직장이 되었단다. 고용차별, 남녀차별 없는 직장, 여가를 사회공헌에 쓰는 노동자들, 노동조합이 만들어낸 공공철도를 시민 모두가 누리고 있단다.

아, 시원하구나! 정말, 속 시원하구나……. 김노인은 반주에 맞추어 주먹을 치켜들며 '님을 위한 행진곡'을 불렀다. 53년 동안 군림하던 어용노조를 몰아내고 민주노조 첫 대의원대회에서 울려 퍼지던 님을 위한 행진곡…….

김노인의 두 눈에서 뜨거운 눈물이 흘러내렸다.

─ 『철도노동자』 2015.11.2.

제4부

볼셰비키의 친구

나는 형이 삐라쟁인 게 싫었다

철도에 들어오게 된 것은 전적으로 형의 권유였다.

결혼을 앞둔 형은 돈을 벌어야 했기에 '전태일문학상' 실무 일을 내게 맡기고 자갈밭으로 도망갔다. 나 역시 결혼을 하고 '전태일기념사업회'에서 도망쳐야 했을 때 형은 선뜻 철도를 권했다. 오류동역 수송원으로 갓 발령받은 형은, 이런 곳이 없다고 했다. 이틀 중에 하루만 일하고, 또 일하는 하루 중에도 반만 일하면 된다고 했다. 세상에 그런 직장이 어디 있을까 싶어 한달 만에 시험을 보고 발령을 기다리고 있는데, 형에게 다시 전화가 왔다. "철도, 안 들어오면 안되겠냐"고.

막상 일해보니 휴일도 없이 돌아가는 24시간 맞교대는 이틀 중 한나절만 일하면 되는 환상적인 일터가 아니라고. 1년 365일 하루도 쉬는 날 없이, 스물 네 시간 자갈밭을 뛰어다녀야 하는 철도는 한 달에도 몇 명씩 죽어나가는 위험하고 더럽고 힘든 곳이라고. 차마 후배한테 권할만한 곳은 아니라고. 하지만 이미 난 기차에 올라선 뒤였다. 형은 나를 철도에 들어오게 할 수는 있었지만 중도에 뛰어내리게 할 수는 없었다.

1년 늦게 서울역 수송원으로 입사한 내가 형에 대해서 처음 전해들은 말은, "눈부시다"는 말이었다. 당시 어용노조에 대항해서 민주노조 활동을 하던 활동가에게서 들은 말이었는데, "자신이 돌이라면 형은 황금"이라고 했다. 민주노조를 만들기 위한 비공개 조직에 나이 먹은 신입이 불쑥 찾아와서 활동할 수 있게 해 달라고 했을 때 다들 프락치가 아닌지 의심했다고 한다. 그런 의심들을 불식시키고 활동가들에게서 형이 인정을 받을 수 있었던 것은, 천상 시인일 수밖에 없는 형의 선한 눈망울과 탁월한 선전 능력 때문이었으리라.

단언하건데, 철도의 선전물은 형이 만든 공투본 기관지『바꿔야 산다』전과 후로 나뉠 것이다. 형이 만든 선전물은 달랐다. 조합원의 피 같은 돈으로 만드는 선전물에 감히 원고료가 꼬박꼬박 지급되었다. 굵은 고딕체의 주장과 격문보다 여백과 하늘하늘한 삽화가 더 크게 자리 잡았다. 심지어 무협지까지 등장했다. 무엇보다 시인의 감성과 통찰력이 선전물의 행간을 감싸고 있었다. 비로소 조합원들에게 읽히는 노보가 만들어졌다.

형은 선전물을 "삐라"라고 했다. 스스로를 "삐라쟁이"라고 했다. 자칭 3류시인의 몇 안 되는 애독자로서, 나는 형이 그런 삐라쟁인 게 싫었다. 천상 시인인 형의 감성이 삐라처럼 '한번 쓰(여지)고 버려'질까봐 나는 두려웠다. 형의 빛나는 시어들이 원고 독촉 전화와 발행인들과의 미묘한 신경전으로 거칠어지고 무뎌질까봐 더 신경 쓰였다.

나의 바람은 아랑곳하지 않고, 때론 의심을 받고 거부당하면서도 끝내 현장의 목소리를 대변하는, 형은 천상 삐라쟁이였다. 시대의 마디마디, 바람보다 먼저 달려와 원고지 칸칸이 가부좌를 틀던 삐라쟁이. 형의 그런 삶이 내겐 또박또박 써내려 간 한 편의 시가 되었다. 철도원 27년 동안 삐라만 만든 줄 알았는데, 이제 다시 보니, 형은 여전히 시를 쓰고 있었다.

삐라를 만들 때 "마침표를 찍지 않는" 형이 정년이라

고 마냥 손을 놓고 있지는 않을 것이다.

어디가 됐든 무엇이 됐든 정년 없는 삐라쟁이가 짜는 조판 위에 '건강' 한 줄 적어놓으시라.

이한주 / 병점열차지부

친구가 맞다

동네 식당에서 5천 원짜리 백반을 먹는 중 카톡을 봤다. 출판사로 넘겨야 하니 빨리 원고를 보내란다. 아니 지 퇴직하는 거랑 나랑 무슨 상관이기에 퇴직기념문집 타령인가. 매년 수십 만 명이 어디선가 퇴직하는데 뭐 중뿔났다고 문집까지 만드느냐 말이다.

명환이는 싸가지가 없다. 나이도 어린 게 꼬박꼬박 반말이다. 내가 아는 60년생과 친구라 하는데 그는 내게 늘 형이라 한다. "다음부터는 형이라고 불러라" 하면 "응" 하고 시원스레 답한다. 그러곤 또 말을 깐다. 뻔뻔하기까지 하다. 이렇게 몇 년이 지나면서 내키지는 않지만 저절로 친구로 굳어졌다.

노동자시인이라는 것도 맘에 들지 않는다. 이 세상의 반이 노동잔데 노동자가 시인한다고 하면 한 수 접어주는 꼴이 우습다. 프롤레타리아 혁명에서 노동자계급의 주도성을 부추기던 일부 진보지식인들의 허영과 허위의식이 만들어낸 어설픔이다. 그들이 칭송해 마지않던 "전쟁 같은 밤일을 마치고난 새벽 쓰린 가슴 위로 찬 소주를 붓는다"며 혁명 최전선에 우뚝 섰던 박노해조차 "생명"이 어쩌구 하다가 결국 모든 것이 넉넉한 사람들과 함께 "세계 평화를 구가"하는 고상한 일을 하고 있다. 이후 그를 넘어선 노동자시인이 없으니 그 어설픈 시대는 끝난 것이다. 식당을 운영하는 사람이 시인을 하면 식당시인이라고 불러야 하는 건 아니지 않는가.

소위 삐라 만드는 일이라면 어디든 끼지 않는 곳이 없다. 자기와 맞지 않는 사람들이 주도하는 판이라 하더라도 도움을 청하든 하지 않든 꼽사리 끼기를 마다치 않는다. 특히 파업이라도 벌어지면 어디서 그런 힘이 나는지 골골이가 팔팔이로 변한다. 운동한다는 놈들이 허구한 날 패거리 지어 쌈박질을 해대는 판에서도 삐라 만드는 일을 멈추지 않는다. 편집권을 보장하라고 하지만 지향점이 뭔지 20년을 알고 지냈음에도 잘 모르겠다. 대중활동에 헌신적으로 봉사하는 혁명가 흉내라도 내려는 걸까.

삐쩍 마른 것도 마음에 들지 않는다. 어느 날인가 몸무게가 2킬로그램이나 늘었다고 입이 찢어진다. 그래봤자 50킬로그램 언저리다. 철야를 하면 잠을 잘 못 잔다고 투덜거리면서 커피 이야기가 나오면 눈을 반짝이며 반긴다. 온 몸에 담배쩐내를 달고 다닌다. 술도 꼬꾸라질 때까지 마신다. 주변에 시인이 없어서 모르겠는데 그래야 시인행세를 할 수 있는 건가 묻고 싶다.

쓰기 싫은 글을 잔소리 한 번 들었다고 쓰고 있는 내가 한심하다. 이 글을 쓰고 있는 등 뒤에는 등사기가 있다. 철필로 파라핀 먹인 종이를 긁고 잉크에 적신 로울러로 밀어서 한 장 한 장 인쇄하는 기구다. 1920~30년대 좌파 선전활동가들의 이야기를 그린 김명환의 "삐라의 추억"이라는 글을 등사기로 인쇄하는 허튼 짓을 하고 있는 중이다. 미련하게도 과거에 그런 방식으로 유인물을 많이 만들어봤다고 흰소리를 한 게 탈이었다. 흥수에 제대로 걸려들었다. 필경작업 하느라 손가락에 못이 박히고 물집이 잡혔다. 엄지는 감각이 무뎌졌다. 집안 가득 잉크 냄새가 진동하는 로울러 작업을 준비한다. 같이 인쇄를 하기로 했던 명환이는 때를 맞췄는지 제주도에 3박 4일 놀러간다고 한다. 돈 한 푼 나오지 않는 이런 상노가다를 몇 달씩이나 꾸역꾸역 하고 있으니 나도 보통은 아니다.

꺼림칙하고 켕기는 구석이 있지만 이런 게 친구라고 하면 나는 친구가 맞다.

지영근 / 구로승무지부. 2018년 퇴직

녹슨 펜

어느 날 난데없이 지부 사무실로 찾아온 젊은 동지
가 한 명 있었으니 운수분야에서 매우 드문 일이었다. 분
산사업장에 조합 활동하는 움직임만 보이면 전출 인사로
보복하던 시절이었으니 노조사무실을 찾아와 어떻게 하
면 되겠냐고 당돌하게 달려들던 동지 제정신이 아니었던
바로 김명환이었다.

바꿔야 산다는 기조로 전국을 누볐던 공투본 시절의
소식지는 철도노조 민주화 투쟁의 화룡점정이었다. 수많
은 동지의 해고, 구속, 강제전출과 피로 얼룩졌던 어용노
조 시대의 사슬을 끊고 인간다운 삶을 위한 민주노조의
건설에서 『바꿔야 산다』는 전국의 동지들을 하나로 만

든 비타민이었다.

그런데, 지금은 무뎌진 정도가 아니라 녹슬어 녹물마저도 말라버린 그 펜대…… . 이제 어떻게 다시 힘차게 발차시킬 것인가? 퇴직 축하와 함께 동지로서 걱정 반 희망 반으로 하는 넋두리니 너무 깊이 생각하지는 말게!

그래도 역사를 이끌어갈 펜대를 휘갈길 때 진정한 글쟁이가 되지 않겠나? 왜 지금은 그런 글을 시원하게 읽을 기회가 없나? 단순히 후배들이 없다고만 해서는 글쟁이가 아니지.

내가 입후보했을 때 자네가 『아빠의 청춘』만 만들어주지 않았더라면 욕이라도 했을 텐데 그러지도 못하는 내 심정 이해 바라고 건강 잘 챙기고 시민과 사회의 건강을 위해서도 할 수 있는 만큼만이라도 조금만 더 부탁하네.

왜! 자네라면 할 수 있을 테니까.

2019년 10월 찬바람 부는 용산 바닥에서 친구이자

동지이자 퇴직 선배로서 도창이가.

임도창 / 성북역지부. 2019년 퇴직

성질 까칠했던 편집장

94년 4월이나 5월경이었을 것으로 기억한다. 나는 파업준비에 눈코 뜰 사이 없는 나날을 보내고 있었다. 구로승무소에서 활동하며 남는 시간에 승무를 하는 거꾸로 된 생활을 하고 있었다. 그때 나는 투쟁기획, 선전홍보, 집회기획 및 상황관리 등 닥치는 대로 일을 처리하고 있었다. 어느 날 그가 찾아왔다. 오류동역에서 수송원으로 일한다고 하는데 나이가 나보다 10년은 더 되어 보였다. 그때는 내 머리가 검었던 시절이라 누가 보아도 그랬을 것이다. 그는 요구조건이나 전망 등을 비교적 상세하게 물어 보았다. 정신없이 바빴기 때문에 귀찮은 생각이 없지 않았지만 친절하게 응대해 주었다. 아무리 바빠도 기자들이나 단체 관계자 등 찾아오는 우군을 소홀히 대할 수는 없었기 때문이다. 그러고는 까맣게 잊어버렸다.

　2000년, 전면적 직선제 쟁취를 위한 공동투쟁본부 상황실에서 나는 상황실장을 맡고 있었다. 공투본 초기에 나는 집회 기획은 물론 보도자료 준비, 투쟁기획 등으로 여전히 바빴다. 철도민주노조추진위원회(철민추) 사무국장이었기 때문에 조직 일을 겸해야 했다. 공투본이 결성되기 직전, 아마도 비상대책위 시절이었을 것이다. 그때 수도권 차량지부와 구로열차 지부, 그리고 철민추를 중심으로 비상대책위원회가 구성되어 있었고 전국 기관차 승무지부를 중심으로 노조정상화추진위원회가 구성되었다. 비대위 속보를 준비하고 있는데 홀연 그가 찾아왔다. 시를 한 편 써와서 — 나중에 알고 보니 시가 아니라 산문이었다. — 투쟁속보에 실어 달라는 것이었다. 그리고 자신을 선전팀에서 일하게 해달라고 요청하였다. 윤윤권 동지가 결합하기 전이라서 선전 쪽이 비어 있었다. 나는 당연히 대환영이었다. 선전 일을 맡을 사람이 없어 내가 A4 용지 4면에 되는대로 편집하여 속보를 발행하던 시기였다. 그의 산문을 시처럼 행갈이 해 싣는 바람에 — 나는 그게 시인 줄 알았다. — 혼쭐이 나기는 했지만 정중한 사과로 넘어갔다. 그렇게 그는 『바꿔야 산다』의 편집장이 되었다. 『바꿔야 산다』는 최대 2만부를 발행했다. 김명환 편집장과 나, 그리고 윤윤권 선전국장이 기획회의를 하고 곧바로 제작에 착수하여 1박 2일이면 대판 양면 신문을 뚝딱 만들어 내었다. 밤을 새우는 것은 보통이었다. 윤윤권 동지가 열여덟 시간을 쉬지 않고 일해 완성하는 것을 본 일도 있다. 일을 시작하게 되면 그는 담배 두 갑, 믹스커피를 항상 준비해 두었다. 이틀 동안 그것으로 버티는 것이다. 밤을 새워 일하고 감자탕 집에서 밥을 먹은 다음 그는 일하러 갔다. 밤을 꼬박 새우고 어떻게 일을 하였는지 물어본 기억이 없다. 『바꿔야 산다』는 곡절도 많았다. 직선제 투쟁에서 더할 나위없는 파괴력을 발휘했지만, 그가 써 신문에 실은 무협지 때문에 편집장 사퇴시비까지 일었다. 내가 중간에서 이리 저리 무마하여 편집권 보장을 하는 것으로 봉합했던 기억이 난다.

탄광에서 노동운동을 하고 잡지 『노동해방문학』에 관여했던 사람이라는 것을 나중에 알았다. 그는 성격이 매우 까칠했는데 겉으로만 그렇게 보일뿐 기실 까다로운 사람이 아니었다. 그는 남의 부탁을 거절하지 못했는데 특히 선전물 제작에 관한 요청을 거절당한 기억이 없다. KTX 승무원 관련 선전물 제작, 철도노조의 주요한 투쟁속보나 선전물, 철도나 공공운수노조 선거 선전물 제작 등에서 꼭 필요할 때에 그가 있었다. 시인이었으므로 그는 때때로 투쟁시를 썼다. KTX 승무원 한사람이 절망 끝에 세상을 버렸을 때, 그는 부산까지 내려와 집회에 참석하였다. 부산역 광장 계단에서 눈물을 흘리며 시를 낭송하여 승무원들 모두를 울게 하였다.

철도노동운동사 『만화로 보는 철도이야기』는 그가 아니면 할 수 없는 작업이라고 생각한다. 그는 타고난 선전가로 재직기간동안 철도의 선전일을 도맡았다. 본래 시인이지만 운동에 복무 실천하지 않으면 진정한 시인이 아니라는 생각 — 나의 추측이다. — 때문에 그의 표현대로 "삐라"를 계속 만들었을 것이다. 그가 이제 퇴직한다. 그가 퇴직하면 누가 선전일을 도맡아 할까? 철도 후배들은 누구에게 선전물을 만들어 달라고 부탁을 할까? 퇴직하면 그는 무슨 일을 하며 살아갈까? 그의 앞날이 궁금해진다.

이철의 / 구로승무지부

고요한 돈강

철도가 내 삶의 중심이 된 지 30년이 됐다. 그 긴 세월동안 많은 선배들이 철도를 떠났다. 많은 기억은 세월의 흐름 앞에 흐릿하다. 하지만 지나간 과거의 한 때를 뛰어넘어서 지속적으로 마음속에 함께하는 사람들이 있다. 형을 처음 만난 건 공투본 투쟁시기였다. 형은 당시 공투본 신문 『바꿔야 산다』의 편집장이었다. 예민한 감수성의 눈빛, 어눌하지만 따뜻한 말투, 항상 그려지는 형의 모습이다.

형의 치열함과 열정으로 만들어진 신문은 대략 보름에 한 번 발행됐다. 우리는 신문이 나올 때마다 있는 힘을 다해 전국의 현장으로 달려갔다. 단 한 명이 근무하는 곳도 빠트리지 않고 방문하여 신문으로 희망을 전달했다. 신문은 우리 모두를 하나로 만들어 주었고 자부심과 용기를 가슴에 심어 주었다. 우리의 의지는 신문을 통해 더 강해지고 단단해졌다. 그 결과 우리 모두의 간절함이 바다처럼 모여 마침내 직선제 쟁취와 민주노조 건설이 이루어졌다. 감격적인 순간이었다.

적들과의 긴장된 싸움이 계속되고 있었던 상황에서 형은 내게 부탁을 했다. 싸움의 끝이 잘 보이지 않는 이 투쟁으로 남편이 해고되었고, 집에 못 들어가는 상황이 계속되고 있는데, 아내로써 어떤 느낌인지 글로 표현해 달라는 것이었다. 아내는 많은 부담을 안고 "당신은, 당신의 동지들은 봄을 만들고 있어요."라는 제목의 글을 썼다. 형은 아내에게 형의 자작시집을 선물했다. 이 시집을 통해 나는 형의 심층에 더 다가갈 수 있었다.

십 년만 더 젊었더라면
현장에 들어가 노동운동을 했을 거라던
백발이 성성한 이기형 선생님이
새로 나온 시집을 주고 갔다

고요한 돈강 개정판 교정을 보다

엉거주춤 시집을 받은 나는

일흔다섯 노인네의 시를 읽으며

내 나이를 생각했다

고요한 돈강은 말없이 흐르고

수많은 사람들의 삶과 고통과 희망과 분노를 싣고

말없이 흐르고 십 년이 아니라 사십 년도 더 젊은

서른세 살이 팽개치고 나온 현장은 아득하기만 한데

일흔다섯이나 먹은 노인네가

역사의 회한과 칼빛 매서운 희망을 노래한다

운동이고 나발이고 입에 풀칠이나 하자고

교정을 보는 고요한 돈강은 말없이 흐르고

역사와 역사의 강은 말없이 흐르는데

일흔다섯 젊은이의 시집을 읽는

서른세 살 노인네는 부끄러웠다

― 김명환, 「고요한 돈강」 전문

사람의 생각은 몸 따라 간다고 한다. 나이 먹을수록
아랫목을 찾고 편안한 삶을 살려고 한다. 그렇지만 환갑

을 넘긴 형은 지금도 "볼셰비키의 친구"이길 원한다. 돈에
지배되지 않고 이성과 도덕, 사람의 따뜻함이 지배하는
공동체를 지금도 변함없이 꿈꾸고 있다. 떨면서 한 곳을
가리키는 나침반처럼 삶과 생각을 일치시키기 위해 형은
오늘도 자기의 그림자를 살피며 그 길을 걸어가고 있다.
형이 더욱 건강하길 바란다.

이영익 / 서울차량지부

『바꿔야 산다』 편집장

엊그제 같은 옛기억을 더듬어 본다. 책자형 노보『구로행 열차』를 만드는 이가 '위원장직선제 및 철노민주화 비대위' 선전팀을 자원한다고 한다. 비대위 신문에 '노동 귀족의 종말을 위한 협주곡'을 실명으로 투고하고, 산문을 시처럼 편집했다고 불같이 화를 냈다는 소식도 들린다. 등단시인이라고도 한다. 의아하고 궁금하다. 꼬투리만 잡으면 해고 또는 비연고지로 전출을 당하는 시절에 선전일꾼을 자원하는 것 자체가 의외다. 신도림에 있는 철민추 사무실에 양복에 바바리코트를 입은 이가 온다. 첫대면에 냅다 편집권 독립을 요구한다. 신문사나 잡지사에만 해당되는 것인 줄 알고 있던 나에겐 신선한 충격이다. 편집권 독립의 진정한 의미를 모른 난 흔쾌히 동의

하고, 나중에 갈등으로 비화하기도 한다. 이 시절에 편집권을 건드렸다가 호되게 당한 지도부들은 철도노조 집행부가 된 이후에도 편집권 독립을 당연한 것으로 여긴다.

편집장, 편집을 맡은 윤동지와 함께 신문 제호에 대해 논의한다. 윤동지가 가수 이정현의 '바꿔' 이야기를 한다. "바꿔 바꿔 모든 걸 다 바꿔"라는 가사가 어용노조를 민주화하려는 우리 이미지와 맞다. 철도민영화는 재앙이라는 것도 표현하고 싶다. 『바꿔야 산다』라는 파격적인 제호가 탄생한다. 판형도 대판신문 컬러판이다.

2000년 1월 26일, 대전에서 어용철노의 스크린을 뚫고, '직선제 공투본'을 결성한 날이다. 철도청 끄나풀의 미행을 따돌리고 사무실에 들어 온 편집장은 회의 탁자를 깨끗이 청소한다. 그리고 나서도 몇 시간 동안 근처를 서성거린다. 이날 기미독립선언과 공산당선언, 사노맹출범선언을 상기시키는 직선제 공투본 출범선언이 탄생된다. 철도노조를 바꿔 노동조합을 통해 민영화를 막기 위한 대중투쟁의 긴 여정이 시작된 것이다.

공투본 조합원들은 따끈따끈한 신문을 트렁크에 싣고, 철길 따라 순회하면서 현장조합원에게 배포한다. 신문을 기다리고 있는 조합원들은 기름값 하라고 돈도 준다. 다방커피를 시켜준 이도 있다. 마치 독립군이 군자금을 받은 것처럼 우쭐해진다. 빈 사무실 문앞에 자갈로 눌러놓고도 온다. 최대 2만부까지 찍은 신문은 날개 돋친 듯 잘 팔린다. 속보는 물론 지역판까지 발간된다. 상대방은 전전긍긍이다. 『바꿔야 산다』는 우리의 투쟁을 선도하고, 조직을 강화하고, 조직원들의 자존심을 높이는 무기가 된다.

"선전의 시대"가 열린 것이다. 그 무기는 발전노조를 비롯한 다른 노조로까지 확산된다.

시인인 형은 『바꿔야 산다』 편집장이었음을 자랑스러워한다. 나도 그 시절이 자랑스럽다.

김병구 / 청량리차량지부

우리들의 선배에게

경고파업을 마무리했다. 그 어느 때보다 걱정이 앞선 파업이기는 했지만 정부청사 앞에 집결한 1만여 철도노동자의 위용에 새삼 놀라기도 했다. 조합원 60여 명의 지부에서 지부장을 맡고 있다는 이유로 한 달여 전부터 재촉 받은 원고를 차일피일 미루며 게으름을 피우던 내게 선배가 보낸 한 줄의 글은 강력한 경고에 다름없었다.

"나는용산으로간다교정이라도볼게"

경고파업이 한창이던 그 시간에 선배는 파업 선전물의 "교정이라도" 보려고 조합 사무실로 향했다. 숱한 세월을 전선에서 보내온 노장의 한마디였다. 정년퇴직을 2개월여 남긴 선배가 조합 선전팀에 조금이라도 도움을 주겠다며 침침한 눈에 돋보기를 쓰고 원고를 마주하는 모습을 떠올리며 후배의 게으름은 부끄럽기만 했다. 우리들의 선배는 그랬다. 철도노조가 몸을 움직일 때마다 선배는 그 자리에 있었다. 한 글자, 한 문장을 다듬으며 철도노동자의 귀와 눈이 되어 가야 할 길을 열어주었다.

선배와의 인연은 2000년에 시작했다. 그때는 얼굴도 모르고 직선제 쟁취 공동투쟁본부 기관지 『바꿔야 산다』의 편집장 김명환이라는 이름을 전해 들었다. 치열한 싸움 끝에 2기 공동투쟁본부가 재결성되고 『바꿔야 산다』가 재발행 되었고 나는 복간된 『바꿔야 산다』의 편집을 맡았다. 얼굴도 모르는 김명환이라는 이름이 그때부터 나의 주변을 지켰다. 모든 선전물은 김명환이라는 사람이 일구어낸 바탕에서 시작되었고, 마무리되었다. 도대체 어떤 사람일까? 궁금증을 해결할 여유도 없이 그 시간들은 지나갔다.

선배의 첫인상은 기대 이하였다. 두툼한 안경에 구부정한 어깨에 도무지 그런 글을 쏟아낼 내공이라고는 없어 보이는 그런 모습이었다. 그런 그가 그 많은 글을 쏟아낸 장본인이라고는 생각되지 않았다. 지금도 철도노조 선전꾼들에게 교본처럼 쓰이는 '2·25파업선언'의 절제되고 힘이 넘치는 그런 명문을 쏟아낸 사람이라고는 생각되지 않았다.

하지만 그는 '김명환'이었다. 보이는 것과 다르게 그 조그마한 몸집에 거대한 활화산의 의지를 품은 그런 사람이었다. 글은 짧고 간결하게, 주제의식은 선명하게, 그러면서도 해학과 풍자를 담아내는 그런 문장을 빚어냈다. 선배에게 배웠다기보다 선배의 글을 통해, 선배가 다듬은 선전물을 통해 선전을 배웠다.

생각해보면 선배와 그리 친한 사이는 아니었던 것 같다. 흉금을 털어내고 이런저런 개인사를 이야기할 사이는 아니었고, 사실 그럴 시간도 없었다. 그런데도 갈증이 없다. 선배에게서 받은 건 충분히 어쩌면 넘치게 받고 또 받았던 터라 선배와 더 친해졌으면 좋겠다는 그런 갈증도 없다. 다만, 선배의 조그마한 몸집 어디엔가 담겨져 있는 활화산의 의지를 흉내 내지도 못하는 후배의 안타까움만 있을 뿐이다.

언제까지나 철도노동자일 수밖에 없는 선배. 언제까지나 철도노동자의 귀와 눈, 그리고 입이 되어 길을 열어내는 선전꾼일 수밖에 없는 선배에게도 정년퇴직이라는 올무가 걸렸다고 한다. 그런데 그게 뭐 대수인가. 그 인간은 철도노조가 그 둔한 몸을 일으킬 때마다 어디에선가 두툼한 돋보기를 쓰고 교정을 보고 있을 게다.

전상용 / 대전정비창동력차지부

'첫'파업의 아름다운 선언문

명환형과의 기억을 쓰라고 한다. 살가운 행동이나 치열한 고민으로 그럴싸한 추억을 만드는 재주가 없는지라 며칠째 고민이다. 시인이며 가슴을 울리는 삐라쟁이고 싶어 하는 명환형이기에 결국 이 기억을 끌어온다.

2002년 첫파업은 '첫'자가 붙어서인지 준비할 때부터 하루하루가 새로웠다. 당시만 해도 철도 현장은 생동감이 없었다. 24시간 맞교대, 장시간 노동, 폭력적인 군대식 문화로 무척이나 열악한 노동 현장이었지만 소위 공무원이라는 이름으로 분노도 용기도 억눌려 있었다. 생동감도 없었다. 그런 철도 현장이라 단 하루라도 우리 힘으로 일을 멈추는 것이 절실했다. '파업 한 번 하면 달라질 것'

이라는 막연한 확신도 있었다.

파업을 준비하면서 내부 논란이 없었던 것은 아니었
지만 ─ 주먹만 오가지 않았지 육두문자가 수시로 튀어
나올 정도로 모두가 초긴장 상태였다. ─ 개인적으론 단
하루라도 파업을 성사시키기는 것이 목표였기에 사전 준
비를 철저히 해야 했다. 더욱이 직권중재 제도로 파업 돌
입 즉시 불법으로 내몰리고, 경찰의 침탈은 누구나 예상
하고 있는 상황이었다.

지금은 없어진 용산의 철도노조 사무실의 서고(뒷
방)에 있던 교선실에서 모든 선전물이 만들어졌다. 편집
국장이었던 윤권형과 길소연이 함께 있었다. 선전물을
만들어야 했고, 전국에 배포할 조직망도 구축해야 했다.
파업 돌입 이후도 준비해야 했다. 파업 D-day가 다가오
면서 공투본 때부터『바꿔야 산다』편집장이었던 명환형
이 반 강제적으로 아니 자발적으로 사무실에 드나들기
시작했다. 당시도 삐라쟁이임을 자처했던 명환형이 뒤로
빠질 수 있는 상황이 아니었고, 선전팀에게는 천군만마
였다.

파업 돌입 선언에 맞춰 전국의 농성장과 현장에 뿌려질 '총파업신문'이 사전 제작됐다. 그리고 무엇보다 첫 면을 장식할 '총파업선언문'이 필요했다. 철도노동자의 역사적인 총파업 현장을 역사에 올곧이 보여줄 선언문. 멈춰진 열차, 노동자의 힘, 철도 현장의 열악함, 국민을 위한 철도, 정의와 평등을 향한 철도노동자의 전진, 타락한 자본과 권력의 실체……, 모든 것이 이 선언문에 담겨져야 했다. 결국 그 몫은 명환형에게 갔다. 당시 교선실장이었던 난 그 짐을 지고 며칠째 끙끙댔지만 형은 단 한 번에 써 내려갔다.

오늘 우리는 철도노동자들이 총파업투쟁에 돌입했음을 온 국민 앞에 당당히 선언한다.

이제 우리나라에서 열차는 달리지 않는다.

정부가, 귀머거리 정부가 철도노동자들도 인간임을, 대한민국 헌법이 보장하는 기본권을 가지고 있음을 인정하기 전에는 단 한 대의 기차도 달리지 않는다.

우리의 요구는, 간절한 호소는, 절망의 외침은 끝내 외면당했다.

사람답게 살고 싶다고, 하루를 쉬게 해 달라고, 더 이상 우리의 동료를 죽이지 말라고 우리는 정부에게, 귀머거리 정부에게 외치고, 호소하고, 요구해왔다. 그러나 우리의 요구는 외면당하고, 묵살당하고, 비난받았다.

그래서 오늘 우리는 기차를 멈춘다. 세상을 멈춘다.

오늘 우리의 총파업투쟁은 살인적인 근무체제를 끝장내기 위한 철도노동자의 절박한 자기보호행위이다. 열차를 이용하는 시민의 안전을 지키기 위한 적극적인 싸움이다. 값싸고 편리한 대중교통을 이용할 권리를 가지고 있는 국민의 이동권을 사수하기 위한 치열한 투쟁이다.

지금 이 순간부터 정부가 우리의 절박한 요구에, 호소에, 외침에 귀를 열고 입을 열 때까지, 그래서 머리를 조아리고, 국민의 철도를 자본에 팔아먹으려는 음모를 중단하고, 살인적인 노동조건을 철폐하고, 정당한 요구를 했다는 죄목으로 목을 자른 동료들을 원상회복 시킬 때까지, 우리는 우리의 투쟁을 멈추지 않을 것이다.

이 투쟁은, 철도노동자의 기본권을 옹호하고, 국민의 철도를 사수하기 위한 이 아름다운 총파업투쟁은, 그 아름다운 목표가 완전히 관철될 때까지 결코 멈추지 않을 것이다.

우리는 반드시 승리한다.

철도노동자여, 단결하라!

— 철도노조, '2·25파업선언' 전문

2월 25일 새벽 4시, 모처에서 전국의 농성장에 철도노조 위원장의 '총파업 돌입 명령'을 전달하고, '총파업선언문'을 다시 읽었다. 울컥대는 가슴을 진정할 수 없었다. 그렇게 나의 첫파업은 명환형의 선언문으로 화려하고 아름답게 시작되었다.

그리고 2019년 10월 11일, 어쩌면 명환형에게는 철도에서 마지막이 될 지도 모를 파업을 함께하고 있다. 오늘도 형은 삐라를 만들고 있다.

백성곤 / 구로차량지부

볼세비키의 친구

"야 임마, 먹어, 힘들지!"

술잔을 연거푸 채우다 보면 어김없이 들려오는 얘기. 선배는 선배 얘기를 했습니다. 선배의 선배는 선배를 소중히 여겼다고 합니다. 온통 찬사만 가득했다 합니다.

눈에 찼기 때문일까요? 그런 것 같지도 않습니다. 새끼 선전활동가라 어설펐지만 눈에 넣어도 아프지 않을 귀염둥이였다나요. 병아리를 품는 엄마 닭의 심정이었을까요.

지리산 자락, 여기저기 터지던 포탄을 피해 등사판 메고 내달렸을 선배의 눈에 비친 선배는 바람 앞의 촛불처럼 위태롭고 애처로웠을 겁니다.

저만의 상상은 아니고요, 그리움에 털어놓은 선배의 고백입니다. 선배는 올곧은 선배에게 선전을 배워 행운이라고 했습니다. 이제 세월이 흘러 선배가 선배의 마음을 전합니다.

"야 임마, 마셔!"

선배를 언제 알게 되었는지는 분명하지 않습니다. 선배는 어느 순간 옆에 있었고, 긴 세월 함께했습니다. 15년을 넘어 어림잡아 20여 년은 되었나요!

술도 참 많이 마셨습니다. 노보 편집을 마치면 어김없이 밤새는 줄 모르고 술독에 빠졌습니다. 첫 손님으로 입성해 마지막 손님으로 쫓겨나기도 했습니다. 그도 모자라면 동쪽 하늘이 희끄무레 빛을 머금을 때까지 얘기꽃을 피웠습니다.

술, 참 묘한 놈입니다. 깊은 곳 꼭꼭 감춰진 잡다한 사고를 끄집어낼 마력이 있으니까요. 잔을 채우고 마시며 시간을 죽이다 보면 불쑥불쑥 여러 얘기가 튀어나옵니다. 그중 고르고 골라 살을 붙이고 가다듬고 닦다 보면,

윤이 나고 때로는 누구도 상상치 못한 기발한 놈이 세상에 고개를 내밉니다. 이성보다 감성을 자극하는 술만의 마법이라고 할까요.

『47, 그들이 온다』, 『만화로 보는 철도이야기』도 시작은 소소한 술자리였습니다. 15년 만에 복직한 47명의 이야기를 담은 해고자 문집은 10여 년이 지난 지금도 한 해 열 권 이상은 팔린다고 합니다. 역사상 유례가 없을 거라며 선배가 으뜸으로 삼는 문집 중 하나입니다.

요즘은 많이 달라졌습니다만 선배들이 술자리를 자주 갖는 것도 다 이런 이유 때문이지 않았을까요? 선배는 막걸리를 즐깁니다. 전통을 살린 명품 막걸리면 더욱 좋고요.

선배는 철도노동자의 선전을 최고로 여겼습니다.

"노동운동이 가장 치열한 곳이 남한, 그중에서 철도노조가 선두, 따라서 선전을 담당한 우리도 세계 최고여야 한다." 선배의 삼단논법입니다.

그래서였을까요? 선배는 비문은 물론 오자 하나 용납하지 않았습니다. 맘에 들지 않으면 망설임 없이 판을 엎었고, 밤을 새우더라도 바로 잡았으며 선전의 생명인

시기·시간과 타협하지 않으려 했습니다. 화두를 던져 문제의식을 키웠고, 전망을 제시하는 선전을 원했습니다. 현장중심, 조직 선전을 강조했습니다.

하지만, 스스로를 "볼셰비키의 친구"라고 했습니다. 나만이 옳고 내가 정통이고 진리고, 타인은 수정주의나 돌연변이로 깎아내리던 시절, 선배는 한 발 물러나 그들 옆에 서길 원했습니다.

여전히 의문입니다. 왜, '볼셰비키'가 아니고, '볼셰비키 친구'도 아니고, '볼셰비키의 친구'여야만 했을까요.

백남희 / 용산고속열차지부

화낼 줄도 짜증낼 줄도
모르는 사람

철도노조 민주화운동에서부터 민주철노의 긴 세월
이었을 것입니다. 철도노동운동에서 선전일꾼으로 살아
온 형이 이제 떠남의 선상에 서있습니다. 많은 시간과 수
많은 선전물이 쌓여있습니다. 아마도 천만 부 이상은 인
쇄되었을 것입니다.

형과 함께했던 기억들이 이제 아련히 사려져갈 것 같
은 생각이 듭니다. 파업을 할 때면 전투복인 양복을 입
고 나타나는 형을 잊을 수 없습니다. 현장조직 신문 1면
에 쓸 사진을 위해, 혹한의 바람이 몰아치는 태백산 꼭
대기에 올라 펄럭이는 깃발을 찍었습니다. 파업이 끝나고
'산개의 추억'을 쓴다며 조합원들이 묶었던 강원도 치악

산 자락의 숙박지를 답사하던 기억. 해방공간 철도에서 활동했던 선배를 만나기 위하여 지리산으로 향하던 기억들. 파업이 끝나고 현장이 무기력해질 때 분위기를 알기 위해 현장을 순회했던 기억들. 집에 가며 승용차 실내등을 켜고 오자를 찾아내던 기억들. 신문을 내일 당장 배포해야 하는데 원고가 오지 않아 편집을 못하고 초조해 하며 뜬눈으로 보내던 기억들. 선전물을 만들고도, 배포거부로, 폐기해야 했던 아픈 기억들. 사진을 왜곡하지 않기 위하여 모델을 구하여 사진을 찍은 기억. 파업이 끝나면 무기력한 현장을 추스르기 위하여 선전이 꼭 필요한 시기라며 외롭게 신문을 만들던 기억 등 수많은 사연들이 이제 추억의 저편으로 사라져가고 있습니다.

형은 언제나 자본가보다 노동자가 신문을 더 잘 만들어야 한다고 했습니다. 점 하나까지 찾아내기 위하여 지겨울 정도로 보고 또 보는 모습들을 기억합니다. 기사의 제목이 마음에 들지 않으면 마음에 들 때까지 고민했습니다. 신문을 만들며 먼지만큼이라도 사실과 다르지 않나 꼼꼼하게 확인했습니다. 사진을 써도 한 번 쓴 사진은 다시 쓰지 않고, 남이 쓴 글을 빌려다 쓰지 않았습니다. 예전에 썼던 글을 다시 쓰지 않았습니다. 그래서 형이 만든 신문은 늘 새롭고 신선했습니다. 원고를 청탁하면 반드시 원고료를 지급하며 노동계에 만연한 무료봉사의 당연함을 바꾸었습니다. 선전에도 정도가 있다며 선전으로 상처를 주는 신문을 만들지 않았습니다.

생각해보니 형의 곁에 늘 술과 담배와 커피가 있었네요. 밤새 술을 마시며 이야기를 나누어도 취하지 않는 술꾼이지요. 줄담배를 피워대는 골초였습니다. 커피도 흑색의 원두커피만 즐기는 커피맨이었네요.

무엇보다 특별한 것은, 형과 함께 일하면서, 단 한 번도 화내는 것을 보지 못했습니다. 밤을 새며 신문을 만들면서 피곤하다는 말을 들어본 적이 없습니다. 힘들다고 드러눕거나 깜빡 조는 모습도 보지 못했습니다. 원고가 늦게 와도 짜증낸 적이 한 번도 없었습니다.

그렇지만 형은 선전가 이전에 탁월한 조직가였습니다. 투쟁의 전술과 전략은 물론이고 투쟁의 한계와 결과까지 정확하게 꿰뚫는 정책가이기도 했습니다. 철도노동자들이 기억하는 김명환은, 선전활동가 이전에 탁월한 정책과 조직 활동가였으면 하는 바램입니다.

함께 더 많은 시간 같은 공간에서 보내고 싶은데 이제는 그럴 수 없네요. 젊은 철도노동자들이 철도의 선전을 어떻게 이어갈지 알 수 없습니다.

철도를 떠나도 펜을 놓지 마시고 형이 좋아하는 시많이 쓰십시오. 철도 관련되어 못 쓴 글이 있으면 꼭 쓰시길 바랍니다. 형이 떠나도 오랫동안 형과 함께한 선전의 기억들을 간직하겠습니다. 가끔은 선술집에서 만나형이 좋아하는 막걸리를 마시며 선전의 추억을 나누고 싶습니다.

조연호 / 구로차량지부

배려

2009년에 만나 지금까지 10년을 알고 지냈지만, 그의 가치관이나 인생관을 알지 못한다. 살아온 인생이라던가, 철학이라던가, 무거운 주제를 나누어 본 적은 없다. 옆에서 그를 바라보았을 뿐이다.

내 기억이 맞는다면, 2009년 당시 대지본 선전일을 많이 도와주었던 조연호 선배의 소개였다. 조연호 선배에게 민주철도노조에 큰 기여를 한 대단한 분이라는 설명을 몇 차례 들은 적이 있어, 나름 강한 인상일 거라는 선입관이 있었다. 그렇지만 그의 외모에서 오랜 세월을 불의에 맞서 싸워왔던 투사의 기개는 전혀 단 일푼도 없었다. 단지 비리비리한 문과 출신의 딱 시인의 모습이었다.

나중에 그의 시집이 나왔을 때, "아 외모처럼, 시인이었구나!" 했다.

나는 문과와 이과 출신 사람들에 대해 편견이 있다. 문과 출신들 특성으로 "말이 많고 고집이 세고 생각은 많은데 행동력이 약하다."는 편견이 그것이다. 아마도 내 주변 인물들이 그랬던 모양이다. 그런데 그는, 항상 자신의 주장보다는 남의 얘기를 최대한 듣고, 고집이라는 것은 아예 느낄 수가 없으며, 생각이 행동으로 이어짐이 광속이다. 특히 다른 사람들의 이야기를 끝까지 들으면서 그 의견을 포용하는 모습은 나에게 충격이었다. 그는 자신의 의견을 낼 때도 마지막은 항상 "그렇지 않을까?"라며 상대의 의견을 묻고 존중하는 모습을 보였다. 2008년 이전의 나는 '꼴통'으로 불릴 만큼 독선적 성격을 가지고 있었다. 그나마 철도노조 일을 하면서 다른 사람의 의견을 존중해야 한다는 것을 당시 대지본 선배들을 통해 알아가는 중이었으니, 그는 나의 상상을 아득히 초월하는 인간상이었다.

당시에 나는 "뭐 같은 세상 대충 살다 가지 뭐." 하는 태도였고, 지금도 많이 달라지진 않았다. 그런 내가 당시에 노동조합 간부일을 하고 있으니 실수가 어디 하나 두 개일까. 하지만 나의 실수에, 그의 화내는 모습이나 실망하는 모습을 본 적은 없다.(속내는 알 수 없다.) "사람이 뭐~어 그럴 수 있~지. 잘 했어." 하며 웃는 모습이 한결같았다. 10년이 지난 지금도 그 모습은 변함이 없다. 나에게 비춰진 그의 모습을 뭐라 말로 정의하긴 어렵다. 그래도 가장 근사치는 '배려'라는 단어가 아닐까 싶다.

지금 철도는 늙은 선배와 어린 후배들과의 인연이 얽혀 관계가 좀 어수선하다. 나도 역시 젊은 후배들과의 관계 맺음에 갈지자를 그리며 실수 연발 꼰대로서 역할을 다하고 있다. 세대차이는 극복할 수 있는 게 아니라고 후배들은 말한다. 나는 솔직히 후배들뿐만 아니라 모든 사람을 대함에 있어서 관계 정립에 어려움을 겪고 있다. 그러한 나에게 그의 따뜻했던 배려는 내 마음 속의 기준이다. 그리고 언제든 나를 초심으로 돌려보내주는 원동력이다. 앞으로도 그의 그 웃음을 한 번 지어 보기 위해 노력하련다.

윤경수 / 대전시설지부

* 나는 철도노조와 연을 맺으며 불의에 대항해 행동하는 의지(남진우, 이미룡), 상대방과 소통하는 기본(전병배, 남기명), 사람들의 서로 다른 생각(서재열), 자신을 되돌아봄(전상용), 상대 의견 후려치기(백성곤, 백남희, 조연호), 사회 구성원의 기본인 배려(김명환), 그리고 눈물(김기태)을 배웠다. 2018년 현장으로 복직해 돌아왔을 때, 나를 아는 모든 분들이 나에게 한마디 하더라. "너, 노조하더니, 사람됐다." 모두에게 감사드린다.

자전거

나이 오십에
자전거를 배웠다
초등학교 졸업하도록
자전거 못 타는
자식놈이 답답해서

몇 번 넘어지면 될 것을
툭툭 털고 일어서면 될 것을

구르는 바퀴가
멈추면 쓰러진다는 게
슬픈 나이에

쓰러지는 게 두려운 나이에

자전거를 배웠다

— 김명환,「자전거」전문

단 둘이 남아 고즈넉했던 어느 늦은 밤.

구로열차 지부실이었을 거다. 돋보기를 쓰고 씨름을
거듭한 끝에 막 퇴고한 시 '자전거'를 명환이형이 따르릉
따르릉 내게 끌고(?) 왔다.

그러니까, 명환이형과 내가 십 년 터울이니까, 그때
나는 만으로 마흔이었고 명환이형은 나이 오십이었다.

구르는 바퀴가 멈추면 쓰러진다는 게 슬프고, 쓰러지
는 게 두려워 가속페달을 밟아야 했다던 명환이형. 그때
내 나이 마흔 살 풋내기였지만, 명환이형의 시 '자전거'에
쿵! 부딪쳐 아렸던 그 밤이 생생하다.

나이 오십에 자전거를 배운 명환이형에게 나는 서른
대여섯 늦은 나이에 처음 시를 배웠다. 돌이켜 보면 시를
잘 모르면서 외발자전거에 오르듯 겁없이 시에 올라탔
다. 시답지 않은 시를 쓴답시고 기우뚱기우뚱 거리며 그

래도 용케 넘어지지 않고 여기까지 왔다. 누구에게나 처음 자전거를 배울 때 뒤에서 중심을 잃지 않도록 잡아주었던 손이 있었을 터.

어느덧 내 나이 오십.

페달을 느슨하게 밟아도 쉬이 쓰러지지 않음에 뒤돌아보니, 거기 이제 곧 정년을 맞이하는 고마운 손이 있더라.

참 고마운 사람 명환이형!

구르는 바퀴가 멈추어도 쓰러질 걱정일랑 이제 내려놓고 인생 2막 확 열어젖히길. 나이 육십은 결코 슬픈 나이가 아님을 우리에게 보여주기를.

오진엽 / 구로열차지부

우리는 그를 잊지 못할 것이다

김명환 선배가 벌써 정년퇴직한다니 세월이 참 빠르다. 나도 장기간의 해고생활을 마치고 작년에 복직하여 정년이 많이 남은 것은 아니지만 이제 철도현장에서 함께할 시간이 끝난다는 것이 무척 아쉽기도 하다.

김명환 선배는 내가 존경하는 철도선배로 손에 꼽을 수 있는 사람 중의 하나이다. 김 선배는 역사적으로 입증된 철도선전의 대가로 불린다. 철도노조 민주화 과정에서, 민주화 이후 20년이 다 되어가는 투쟁의 과정에서 선전으로 철도노동자들의 가슴을 뛰게 하고 철도의 공공성과 실상을 국민들에게 울림 있게 전달하였다.

나는 2003년 철도파업시 정책실장, 2006년 철도파업시 정책위원장을 맡았다. 2009년, 2013년, 2016년 철도파업시는 상급조직인 운수노조 사무처장과 공공운수노조 위원장으로 함께했다. 철도파업 때마다 김명환 선배는 파업선전을 함께하셨고, 퇴직을 앞두고 현재 진행형인 2019년 파업에도 함께하고 계신다. 정말 그 식지 않는 열정이 존경스럽다.

내가 정책간부 출신이다 보니 김 선배는 파업 때마다 귀찮을 정도로 철도노동자신문이나 대국민 선전물에 기고를 요청하셨는데 그 열정에 밀려 내가 한 번도 거부하질 못했다. 신문광고 제목을 뽑을 때는 진지하게 의견을 교환하였는데 김명환 선배의 탁월한 감각을 따라가기 어려웠다. 주위에서는 나도 일가견이 있다고 하는데 선배 앞에서는 새 발의 피였다.

그런데 열정과 실력보다 나를 매료시킨 것은 긴장될 수밖에 없는 투쟁 과정에서도 풍자와 해학으로 우리에게 여유를 가지고 돌아보게 해주는 것이었다. 2006년 철도파업의 경우 현장투쟁으로 전환 이후 어렵게 노사합의가 있었고 합의안에 대한 해설기사가 나왔는데, 김 선배는 기사의 제목을 '4·1잠정합의안 약해'라고 뽑았다. 어렵게 만든 합의안인데 합의내용이 약하다고 하면 어떻게 하냐고 했더니 '약해'는 '간략한 해설'의 줄임말이라고 받아 넘기셨다.

또 한 가지, 소탈한 인간미도 빼놓을 수 없다. 사실 선후배 간에, 동료 간에 편안하게 만나고 격의 없이 토론하는 것이 쉬운 일은 아니다. 그런데 김 선배는 인자한 얼굴부터 말투까지 모두를 편안하게 해주는 소탈한 인간미를 가졌다. 이 또한 인간에 대한 예의가 몸에 배어있기 때문에 그럴 것이다.

김 선배는 다른 노조나 상급단체에서 부러워할 만큼 철도노조의 실력 있는 선전의 전통을 구축하였다. 또한 김명환사단이라고 불릴 만큼 철도에서 많은 선전 후배들을 키우셨다. 퇴직 시기에 철도노조 위원장을 맡고 있는 사람으로서 조합원을 대표하여 그 동안의 노고와 역사적, 조직적 성취에 대해 진심으로 감사하다는 말씀을 전하고 싶다. 우리는, 철도선전의 역사를 개척해 정착시

켰고, 뜨거운 열정과 탁월한 실력, 풍자의 여유와 인간적

소탈함이 넘쳤던, 인간 김명환, 그를 잊지 못할 것이다.

조상수 / 철도노조 위원장

최정규 / 만화가. 『바꿔야 산다』와 『철도노동자』의 그림을 그렸다.

조직하지 않는 선전은
선전이 아니다

■ 시 '첫사랑'에서 "볼셰비키의 친구로 남고 싶다"고
했는데, 왜 "볼셰비키"가 아니고, "볼셰비키 친구"도 아니
고, "볼셰비키의 친구"인가?

나는 "아름다운 세상"을 꿈꿨지만, 그 꿈을 실현하기
위해 행동할 용기가 없었다. 운동일선에 설 용기가 없으
니, 2선에서 1선을 지지 지원 엄호 구원 구호하는 친구로
살자. 그렇게 생각하고 살아왔다.

■ 노동조합운동이 2선인가? 대다수의 동지들이 선
배를 1선 활동가라고 생각한다.

대중조직운동은 1선 중에서도 최전선이다. 1선 활동가들이 움직여야 할 때, 움직이지 못하거나 움직이지 않으면 지원이나 구원을 했다. 나는, 진퇴를 거듭했을 뿐이다.

■ 철도노조 민주화투쟁이나 철도민영화 저지투쟁 과정에서, 단 한 번도 구속되거나 해고되지 않았다. 피해를 피해 다닌 것인가?

나는 조직체계 안에 있지 않고, 조직의 선전체계 안에 있었다. 선전활동가는 어떤 상황 속에서도, 스스로를 보위하며 임무를 수행해야 한다고 배웠다.

■ 살아남은 자의 비겁한 변명 아닌가?

살아남아서 투쟁을 조직하는 게 선전활동가의 임무다.

■ 시인의 삶을 접고, 노동운동에 뛰어들었다. 하필이

면 왜, 선전활동가가 되었나?

내가 가장 잘할 수 있는 걸 선택한 것이다. 골방에 처박혀 시를 쓰고 있기에는, 세상이 너무 끔찍했다. 자유와 평등이라는 보편적 가치는 교과서에만 나와 있지, 현실은 억압과 착취로 가득했다. 골방을 나와 사람들을 만나러 다녔다. 노동자 농민들과 만나 노동과 삶과 꿈과 현실에 대해 이야기 했다. 그 이야기들을 받아 적었다. 받아 적은 걸 복사해서 함께 읽었다.

"아이고, 내 말이 그 말이여!"

무릎을 치며 탄성을 지르던 노동자 농민들이 나를 선전의 길로 이끌었다. 복사지 한 장이 사람들을 기쁘게도, 슬프게도 할 수 있다는 게 너무 신기했다.

■ 사람들을 기쁘게도 슬프게도 할 수 있는 건, 선전 말고도 많다.

기뻐하거나 슬퍼하는 걸로 끝났다면, 나는 글쟁이에 머물렀을 것이다. 모임을 함께했던 사람들이 현장 배포용 유인물을 요구했다. 함께 이야기 하고 고친 글들이 유인물로 만들어져 현장에 배포됐다. 대단한 각오와 용기가 있어야만 유인물을 뿌릴 수 있는 시대였다. 그들을 움직이게 한 것은 그 유인물의 내용이었다. 그 유인물에는 그들의 꿈과 현실이 담겨있었다. 한 장의 유인물이, 사람을 움직일 수 있다는 걸, 그때 알았다.

■ 공감을 일으켜 행동하게 한다? 그게 선전인가?

골방에 처박혀 시를 쓰는 것이나, 골방에 처박혀 삐라를 만드는 것이나, 무엇이 다른가? 문제는 현실을 바꾸는 것이고, 현실을 바꾸기 위해 행동하게 만드는 것이다. 선전은 투쟁의 조직이다.

■ 많은 동지들이 철도노조 민주화투쟁 시기의 신문 『바꿔야 산다』를 "투쟁을 조직한 선전"으로 기억하고 있다.

정말 운이 좋게도, 『바꿔야 산다』를 만들게 됐다. 삐라쟁이는 "선전이 조직이 되고, 조직이 선전이 되는" 영광을 꿈꾼다. 그 꿈을 현실에서 목격했다. 지금 생각하면,

꼭 꿈만 같다.

■ 『바꿔야 산다』에는 어떤 기사들이 실렸나?

독자대상을 지부 간부 및 열성 조합원으로 잡았다. 조합원들은 신문을 읽는 독자이기도 했지만, 동지들에게 신문을 전해주는 "전달자" 역할도 해야 했다. 독자에게 임무를 부여하는, 배포망이 조직망이 되는 고전적 방식이다. 기사는, 정치신문이 꼭 갖추어야 할, 정세와 전망과 투쟁방침과 임무를 실었다. 소식과 교양과 문화도 안배했다. "정치적 분노"를 격발하기 위해 상대진영의 부패와 비리를 선정적으로 보도했다.

■ 선전이 조직과 선동의 역할을 한 것인가? 그것이 선전활동가의 꿈인가?

철도노동자는 선전과 선동과 조직이 하나 되는 꿈과 같은 현실을 만들어냈다.

■ 철도노조 민주화 이후 철도민영화 저지투쟁이 지

속된다. 그 긴 세월을 지치지 않고 선전을 해왔다. 선전을 그만두고 싶지는 않았나?

선전이 가장 필요한 시기는, 투쟁을 조직할 때가 아니라, 투쟁 이후 조직을 복구할 때다. 파업 이후 조합원들은 구속과 해고를 감당해내야 한다. 이 시기에 조합원들이 투쟁의 당위성에 대한 자긍심을 갖지 못하면 조직은 무너진다. 누구보다도 선전활동가가 먼저, 스스로의 패배감을 떨쳐내야지만 조직복구를 위한 선전이 시작된다. 선전활동가가 스스로의 나약함과 치열한 투쟁을 벌일 때가 바로 이때다. 솔직히 말해서, 수백 번도 더, 선전을 그만뒀다. 선전을 지속하기에는, 나는 너무 약했다.

■ 수백 번도 더, 선전을 그만뒀지만, 수백 번도 더, 선전을 다시 시작했나?

결과적으로 그렇다.

■ 그렇게 힘들었는지 몰랐다. 할 만큼 했으니 이제 쉬어도 되지 않나?

할 만큼 했으면, 우리 사회가 이 모양 이 꼴이겠는가? 자본은 우리의 몸을 지배했지만, 이제는 정신마저 지배하고 있다. 어느 때보다 선전이 필요한 시기다.

■ 너무 힘들게 산다. 퇴직 후의 계획은?

나는 아직, 멋진 삐라를 만들지 못했다. 그 삐라는 아직, 내 가슴 속에 있다. 내가 보이지 않으면, 어디선가 삐라를 만들고 있는 것이다.

■ 진짜, 떠나는 것인가? 믿어지지 않는다. 후배들에게 남기고 싶은 말은?

1993년 철도에 들어오자마자 '서울지역운수노동자회' 기관지 『자갈』 편집장을 맡았다. 2019년 철도노조 기관지 『철도노동자』 편집위원을 끝으로 철도를 떠난다. 철도 27년, 입사부터 퇴직까지, 선전활동가로 살았다.

선전활동가로 살아오는 동안 나는, 27년 전의 나를

지키지 못하고, 현실에 안주했다. "그건 틀렸어!"라고 공허하게 외쳤을 뿐, 메아리를 조직하지 못했다. 못한 게 아니라 안한 것이다. 조직하지 않는 선전은 선전이 아니다.

선전은 원고를 취합해 편집하고 제작하는 기능이 아니다. 선전은 지도부와 조직원을 연결하는 "조직자"다. 선전을 통해 조직은 정세와 전망, 투쟁방침과 임무를 공유한다. 정세와 전망과 투쟁방침과 임무에 대한 논의를 조직하는 "선도자", 논의의 결과를 조직원이 공유하게 하는 "연결자"가 선전이다.

선전이 노동조합의 소식과 지침 전달로 스스로의 임무를 축소하면, 노동조합은 "고민하지 않는 노동운동 관료기구로 전락"할 수밖에 없다. "축소"와 "전락"이 동시에 진행되는 "운동의 후퇴선"에 철도노조 선전은 서있다. 이것은 누구의 잘못도 아닌, 선전활동가의 "임무방기"에서 비롯된 것이다. 자중자애하고 마지막까지 최선을 다하기를 빈다.

— 철도노조 홈페이지 2019.10.27.

* 추신. 지나간 시기를 정리하고, 다가올 시기에 대한 결의를 세울, 소중한 시간을 준 동지들에게 감사드린다. 답변을 쓰는 내내 많이 아팠다. 이제 훌훌 털고 일어서야지 …….

** 서면인터뷰는 2019년 9월에 진행됐다. 질의는 철도노조 용산고속열차지부 백남희 동지가 했다.